La Marchesa Colombi

Cara Speranza

CARA SPERANZA

Si chiamava Amalia. Però, malgrado quel nome gentile, era una fra le più rozze campagnuole delle risaie, quando si presentò in casa nostra ad offrirsi come serva. S'era messe le scarpe per la solennità della circostanza, ma, appena vide il pavimento lucido del nostro gabinetto, rimase sbigottita e si curvò come per levarsele. Ci volle di molto a persuaderla d'entrare calzata com'era. Tuttavia non era timida nè selvatica, come sono, per lo più, le contadine; le pareva soltanto una mancanza di rispetto il mettere sul nostro pavimento le scarpe che aveva strascinate, per una lunga camminata, nella polvere della strada maestra da Momo a Novara. Ignorava ogni elemento di civiltà, e, nella sua cortesia istintiva da persona buona, inventava una civiltà a suo modo, che riesciva grottesca, sebbene, a conti fatti valesse forse quanto la nostra. Infatti nella China si tolgono le scarpe prima di entrare nelle case. È questione di usanze. In tutta la persona dell'Amalia si vedevano le traccie della vita e dei lavori delle risaie. Aveva ventisette anni ma ne dimostrava quaranta. Il volto era pieno di rughe, i capelli, folti sulla fronte, erano tanto radi sul cranio, che frammezzo alle ciocche, tirate nella legatura, si vedeva la pelle bianca sollevarsi. Portava la pettinatura del nostro contado, e come tutte le contadine, che quel peso enorme sul capo rende calve prima del tempo, suppliva alla capigliatura mancante con due grosse treccie di cotone, girate intorno ad un cerchietto di filo di ferro coperto di tela; ed in quelle puntava i grossi spilloni di falso argento. Sui capelli scarsi, quell'edificio non trovava appoggio sufficiente, e le ballonzolava dietro il capo. Le mancavano vari denti, e, traverso quei vuoti, le *esse* uscivano sibilanti. Ma di questi particolari della sua figura l'Amalia non si dava il menomo pensiero. Era forte e sana, sapeva d'aver ventisette anni. Cosa le importava di dimostrarne di più? Le domandammo se sapesse cucinare. Rispose:

- No. So appena fare la minestra alla nostra maniera da contadini, e friggere le patate ed i fagiuoli; ma ho buona volontà; imparerò presto.

- E sai stirare?

- Neppure. Noi non usiamo stirar nulla... Ma anche questo potrò impararlo. Non abbiano paura: la *cognizione* non mi manca; capisco subito quello che mi insegnano.

Mio padre domandò:

- E per le informazioni, a chi debbo rivolgermi?

- Se vuol andare a Momo, e domandare alla cascina Pometta, dove sono stata a servire per tredici anni... Ma per la fedeltà può mettermi nell'oro, guardi, che un quattrino, che è un quattrino, non lo toccherei.

Le facemmo altre domande, alle quali rispose con sicurezza, e senza vantarsi mai. Ci piacque molto, e le proponemmo di venire con noi per un mese a titolo d'esperimento. Accettò, ma non colla prontezza e lo slancio che le sue risposte precedenti e le sue maniere espansive ci avevano fatto aspettare. Le domandai:

- Non sei contenta?

- Oh, per contenta lo sono di certo... Ed esitava sempre.

Io soggiunsi per incoraggiarla:

- Siamo soltanto due da servire: il babbo ed io.

- Fossero anche dodici, la fatica non mi fa paura.

Stette ancora titubante, poi soggiunse in fretta come per afferrare la risoluzione prima che le sfuggisse:

- Ecco; è meglio che glielo dica addirittura. Io sono una figliola onesta, non cerco d'andare a spasso, non mi *perdo via* coi giovanotti, tiro dritto per la mia strada; ma però; cosa serve nasconderlo? Ho un bersagliere.

Aveva pronunciato *bresagliere*, poi aveva messo fuori un gran sospirone, come per dire: "È fatta!" Questo bersagliere abbuiò subito, coll'ombra delle sue piume, la fronte di mio padre, che disse crollando il capo:

- Uhm. Ho paura che non facciamo nulla. Ogni volta che andrete fuori avrete il bersagliere intorno...

L'Amalia sospirò melanconicamente:

- Oh! questo non è possibile. Il Re l'ha mandato in *Cicilia*.

Mio padre che era un vecchio Piemontese devoto alla monarchia ed alla casa Savoia, approvò vivamente quella disposizione del Re. E l'Amalia, vedendolo sorridere, riprese fiduciosamente.

- Serviva anche lui alla Pometta, ma allora non era bersagliere. Abbiamo cominciato a parlarci, dalla finestra della cucina che guardava nell'orto, perchè lui era ortolano. E che bel giovine! Se vedesse signor padrone, alto come lei, e più diritto di lei, perchè quello è giovine, e lei no, pover'uomo! Però noi si sapeva che doveva andare soldato e ci promettemmo di aspettarci finchè lui avesse *finito il suo tempo*. Sono quattro anni che gira per la Cicilia, ed io intanto servo, per mettere un po' di quattrini da parte; poi, dopo tre anni ancora, tornerà col suo congedo *risoluto* e mi sposerà.

Dacchè il bersagliere era messo al sicuro di là dal mare, mio padre ammise l'Amalia ad un mese di prova, dopo il quale ella tirò via a servire senza che nessuno sollevasse la menoma obbiezione. Era una donna attiva, intelligente, pulita, e sempre allegra. Diceva *casa nostra* diceva *noi*, nominando collettivamente se stessa ed i padroni, faceva un mondo d'accoglienze ai visitatori che venivano, e s'informava della loro salute come se fossero suoi amici; ma, in una famiglia alla buona come la nostra, queste dimestichezze si potevano perdonare. Imparava ogni cosa con molta facilità, e trovava tempo per la cucina, per stirare, per tenere in ordine la casa, ed anche per correre ogni giorno alla posta a domandare se c'erano lettere del bersagliere. Ne parlava continuamente. Tutti i vicini di casa, padroni e servitori, i nostri conoscenti, i portinai, i bottegai della contrada, sapevano che l'Amalia aveva un innamorato bersagliere; ed appena la vedevano le domandavano ridendo:

- E così, Amalia? ha scritto il bersagliere?

Il pollaiolo le regalava dei mazzi di penne di cappone, che lei metteva da parte giubilando per «*mandarle in Cicilia alla prima occasione*». Provava ad inalberarle da un lato del suo capo calvo, e, diceva:

- Come staranno bene sul cappello del bersagliere!

Per se stessa non comperava mai nulla. Riceveva col salario i vestiti e le scarpe, come si usa in provincia, ed il denaro delle sue mesate lo metteva tutto da parte per quando avrebbe sposato il bersagliere. S'era fatta lei stessa, col suo filato, varie pezze di tela che serbava preziosamente nel baule, e non ne avrebbe staccato da farsi una camicia per nulla al mondo. I doni che le si facevano lungo l'anno, le strenne di Natale, tutto riponeva per quel giorno desiderato e lontano. Ma aveva l'amore gaio; non la si udiva mai rimpiangere la lontananza dell'innamorato. Era sicura di quell'amore come di respirare e di vivere; il più lieve dubbio non era mai sorto nel suo cuore onesto; e quel pensiero del bersagliere la colmava di gioia. S'egli tardava a scriverle, la sola supposizione che l'Amalia faceva era che fosse malato; e allora s'impensieriva e moltiplicava le corse alla posta. Se incontrava il portalettere, erano sempre delle scene. Voleva che esaminasse ad una ad una le soprascritte, fin all'ultima; poi le domandava se era ben sicuro di non avere altre lettere in tasca, o di averne perduta qualcuna per via. Appena la lettera aspettata giungeva poi, era un delirio di giubilo. Non sapeva leggerla, ma cominciava fin dalla posta a dire agli impiegati: -

- È del bersagliere! Viene nientemeno che dalla Cicilia, e c'è su *Cara speranza*! E rideva, rideva, finchè le cadevano le lacrime.

Poi correva verso casa, ed in capo alla contrada alzava la lettera, la faceva sventolare gridando:

- C'è la lettera del bersagliere! C'è la lettera del bersagliere!

Era sempre qualche bottegaio che gliela leggeva. E l'Amalia si piantava in faccia a lui, ridendo anticipatamente di gioia e guardandolo bene in viso, come se fosse il bersagliere stesso che parlasse, e lei volesse vederne il senso delle parole nell'espressione del volto. E, prima che si cominciasse a leggere, domandava tutta gongolante.

- C'è «*Cara speranza*» in cima?

«*Cara speranza*» c'era sempre; e le lettere si somigliavano tutte; ma l'Amalia esultava, si torceva le mani durante la lettura per comprimere le grida di piacere. Poi pigliava il foglio e saltava in mezzo al gruppo d'amici che si erano stretti intorno, e si agitava tanto, che l'aureola degli spilloni minacciava di strapparle, nella violenza dei rimbalzi, quei pochi capelli che la reggevano. E baciava la lettera, e rideva, rideva da perderne il fiato, e per parecchi giorni tutto il casamento era assordato dalla canzone favorita dall'Amalia:

> O mamma famm el lett,
> Che mi faroo la cuna,
> L'amor del bersaglier
> L'è sta la mia fortuna.

Tutti compativano la schietta affezione della povera giovane; quell'amore gioviale faceva piacere; e poi si sapeva che era onesto. Col mare in mezzo, i due innamorati miravano al buon fine. Senza questo in provincia non avrebbero tollerato tanto. Quella passione immensa arrivò una volta a dare alla contadina una specie di divinazione. Era qualche tempo che il bersagliere non scriveva. Quando giunse la lettera, nell'aprirla se ne vide cader fuori un centesimo. Si fecero molti commenti nel vicinato:

- Cosa vorrà dire?

- Una moneta è un simbolo d'amore.

- Ma non così intera; si deve tagliarla in mezzo, e portarne al collo metà per ciascuno.

- Ma che! È perchè possiate giocare a croce e lettera per vedere se vi vuol bene.

Ed il pollaiolo, che era il più istruito, e non credeva nè a talismani, nè ad oroscopi, e rideva delle sentimentalità amorose, diceva con sussiego:

- Non istate ad almanaccar tanto: non è altro che uno scherzo. I soldati sono uomini di mondo; amano ridere...

Ma l'Amalia rise meno del solito, e baciò la lettera più amorosamente; ed il domani, quando venne a ricevere gli ordini per la cucina, mi domandò come si potesse fare per mandare cinque lire fino in Sicilia. Poi disse:

- Il bersagliere ha messo un centesimo nella lettera, poveretto. Vuol dire che ha bisogno di quattrini.
- E spedì a Catania un vaglia di cinque lire.

Infatti voleva dire così; il suo cuore amoroso aveva indovinato. Appunto per quella sua rustichezza affettuosa e bonacciona, l'Amalia dava nel genio a tutti i nostri parenti ed amici, che coglievano volentieri l'occasione di farle qualche regaluccio, di darle delle mancie o delle strenne. In tre anni le riuscì di raggranellare parecchie centinaia di lire ed un baule di roba. Il denaro l'aveva alla Cassa di risparmio, e tratto tratto veniva da me col libretto, perchè facessi il conto, a che somma era salito il suo capitale coll'aumento dei frutti. Bastava che potesse contare una lira più della volta precedente, per essere contentissima. Diceva:

- È la dote del bersagliere. È il tesoro del bersagliere. Tutto quello che ho è per lui.

E scoteva il capo con un'affermazione così energica che la pettinatura le batteva il cranio come il mantice d'una timonella sgangherata. Quei tre anni, durante i quali era stata bene alloggiata e ben nutrita, non avevano quasi punto invecchiata l'Amalia; ma non erano neppur riusciti ad abbellirla. Pareva la stessa del primo giorno che l'avevamo veduta. Soltanto, a misura che s'avvicinava il ritorno del bersagliere, la gioia che le traspariva dagli occhi, dal ridere beato, da tutta la persona, la rendeva quasi bella. Non mancavano che quindici giorni all'arrivo del bersagliere quando io mi ammalai d'una febbre intermittente e dovetti stare a letto. Mio padre che, sebbene fosse molto burbero, mi voleva bene, chiamò subito il medico, e mi curò come se si fosse trattato di una malattia grave. La povera Amalia, che m'aveva preso tanto affetto, era spaventata all'idea che dovessi ancora stare in letto quando sarebbe tornato il bersagliere. Domandava dava ansiosamente al medico:

- Potrà alzarsi per il giorno quindici?

Il quindici di novembre era il gran giorno che lei aspettava da sette anni. La mattina del dieci si alzò lei con una guancia enormemente gonfia. Ma diceva di non soffrire affatto, era semplicemente una flussione.

- Purchè il bersagliere non mi trovi col viso storto!

Era la sola cosa di cui si desse pensiero. Poi soggiungeva:

- Gli farebbe troppo dispiacere di trovare ammalata la sua: «*Cara speranza.*»

Non era la vanità che le stava in mente, era il desiderio che nulla turbasse la gioia del suo fidanzato. Quando venne il medico, e l'Amalia andò ad aprirgli sfigurata a quel modo, egli la interrogò sul suo male, le tastò il polso, poi la mandò a letto, ed entrò da me tutto serio ed accigliato.

- Quella donna, mi disse, non istà punto, punto bene. Or ora la visiterò...

Infatti andò a vederla a letto, e disse che, oltre alla risipola che le gonfiava il volto, c'era pericolo che le si sviluppasse il tifo. Proibì assolutamente ogni comunicazione con me, e fece chiudere tutti gli usci, perchè le nostre camere erano separate soltanto da un corridoio stretto. La sera l'Amalia aveva realmente il tifo, e la mattina dopo, colla scusa che la sua camera non aveva aria bastante, che l'ammalata infettava la casa, che agitava me colle sue grida deliranti, il medico indusse mio padre a farla portare in una camera particolare dell'ospedale. Avrei voluto vederla prima che se ne andasse, ma assolutamente non permisero nè che mi alzassi, nè che la portassero nella mia stanza. Mentre attraversava il corridoio udii che diceva colla sua voce giuliva:

- Andiamo incontro al bersagliere! Tutta la roba mia è pel bersagliere. Cara Speranza! Ed intonava la solita canzone:

> O mamma famm el lett
> Che mi faroo la cuna...

Domandai al medico impaurita:

- Guarirà?

- Può darsi. Vedremo come passa la prima settimana.

Non poteva togliermela dal cuore un minuto. Avevo dei presentimenti tetri. E d'altra parte pensavo:

- Ma finora non ha fatto che lavorare, senza distrazioni, senza affezioni di famiglia (perchè i suoi l'avevano mandata a servire a dodici anni e non se ne erano curati più), senza benessere, senza soddisfazioni di vanità; ha vissuto per una speranza, s'è appagata d'una promessa e non ha invidiato nessuno. Bisognerebbe dire che non c'è giustizia se quella promessa non le fosse mantenuta...

Infatti non le fu mantenuta. La sera del giorno quattordici morì. Ma morì in un'estasi di gioia credendosi nelle braccia del suo bersagliere; ed il suo cadavere rimase sorridente colle labbra aperte sui poveri denti spezzati e radi. Poche ore dopo, giunsero i suoi fratelli, che mio padre aveva fatti chiamare. Io sapeva che la povera donna aveva sempre destinato quanto possedeva al bersagliere; tutti lo sapevano; ma non c'era nulla di scritto; non aveva neppure potuto dirlo formalmente a voce prima di morire, perchè era delirante. E quei parenti, due villani, lenti, freddi ed avidi, che non avevano fatto mai nulla per lei, si portarono via il frutto delle sue fatiche e privazioni, la dote del bersagliere, il tesoro d'amore, che la poveretta aveva impiegato tredici anni a raccogliere. Il giorno quindici arrivò il bersagliere e venne direttamente da noi. Era in viaggio da parecchi giorni, e non sapeva nulla della malattia dell'Amalia. Mio padre era all'ospedale presso la morta; dovetti far entrare il soldato nella mia camera, e quasi ne ebbi piacere per potergli dare la nuova dolorosa colla maggior dolcezza possibile, e dirgli qualche parola di conforto. Era appunto quello che i contadini chiamano un bel giovine; oramai però era uomo fatto, una grande e grossa persona massiccia, col collo corto, i capelli fitti e duri come setole, e ritti sopra la fronte stretta, gli occhi piccoli, il naso corto, il viso largo, e stupido; ecco quel personaggio adorato. Cominciai a dirgli che l'Amalia s'era ammalata, ed egli rimase impassibile. Aggiunsi che s'era ammalata gravemente, molto gravemente, che l'avevano portata all'ospedale. E lui, duro come un muro, ed egualmente freddo. Forse era soggezione, forse quello stupido amor proprio della gente rozza, di non lasciar scorgere la commozione che considerano come una debolezza. Allora presi coraggio e gli annunciai tutta la disgrazia. Si fece rosso rosso, girò nervosamente fra le mani il cappello piumato, ma non disse nulla. Lo esortai ad esser forte, a rassegnarsi, aggiunsi che era una grande sventura; che tutti la sentivamo, e che fin all'ultima ora la poveretta, anche delirando, aveva pensato a lui... E gli stesi la mano in atto di amichevole conforto. Egli la vide, ma non si mosse, non la prese, e disse soltanto facendosi anche più rosso:

- Si può andare a vederla?

Gli risposi di sì, gli diedi un biglietto per mio padre che era laggiù a disporre i funerali, e gli indicai la strada. Egli ascoltò tutto in silenzio senza guardarmi, poi fece goffamente il saluto militare, e, sempre muto, se ne andò. All'ospedale non domandò di mio padre nè diede il biglietto; però il babbo era presente quando entrò nella camera della morta. Stavano per metterla nella cassa; le avevano tolti gli spilloni, il capo era scoperto, e la bocca sdentata sorrideva ancora del suo buon sorriso. Il bersagliere s'accostò adagio adagio al cadavere, coll'aria impacciata, senza osare di guardar nessuno; poi, vedendo dall'altro lato del letto il fratello della morta, che altre volte aveva conosciuto, lo salutò con un cenno del capo serio, e disse:

- Accidenti! com'era vecchia!

Ma non c'era nessuna perfidia in quella parola. Era un'impressione che riceveva, e la esprimeva in tutta sincerità. Se l'Amalia fosse stata viva l'avrebbe espressa ugualmente a lei, senza per questo cessare di chiamarla, nel linguaggio artifizioso delle lettere *Cara Speranza*. Infatti, quando stesero la morta nella bara, egli si fece il segno della croce rapidamente e come di soppiatto, ma arrossì molto, e gli luccicarono gli occhi. Poi uscì ed andò ad aspettare il corteggio funebre a cinquanta passi dall'ospedale, fingendo di leggere un affisso. Lasciò sfilare il funerale modesto, poi si mise a seguirlo di fianco come se camminasse da quella parte per pura combinazione, e con quel mortorio non avesse nulla a che fare. Però giunto al cimitero entrò dietro gli altri, e rimase un po' in disparte col capo chino finchè fu coperta la fossa. Nel ritorno l'altro fratello della morta gli si accostò, e senza saluti nè parole di benvenuto, gli disse guardandosi la punta degli scarponi:

- Sicchè la povera Amalia se n'è andata...

Egli crollò il capo, scosse le spalle, come per cacciarsi un gruppo dalla gola, poi rispose:

- Ma!

E gli voltò la schiena. Mio padre raggiunse il soldato, e gli spiegò come a lui non fosse toccato nulla della piccola eredità, in causa dei fratelli. Ma che, per riguardo a quella povera anima, noi avevamo ritenute le lettere di lui, e che poteva venirle a prendere.

- Oh! sono sciocchezze!

E diede una grande scrollata di spalle. E, per quanto mio padre lo interrogasse, non ci fu verso di fargli dire se voleva riaverle, o se s'avevano da bruciare. E le bruciammo noi, mio padre ed io, nel fuoco del caminetto tutte le *care speranze* che avevano consolata quella vita povera, laboriosa ed onesta.

IL «CURARE»

RACCONTO DI NATALE

Si finiva di pranzare in casa del professor Navaro; un pranzo di soli uomini ed un pranzo di Natale. Il nostro ospite ci aveva fatto assaggiare parecchi de' suoi vini di Sicilia; eravamo tutti di buon umore. Il professore ci spiegava come serbasse una specie di venerazione per quella festa, perchè era stata da tempo immemorabile oggetto di culto nella sua famiglia. Ci narrava di un suo nonno, che aveva accolto, in un Natale remoto, un nemico della sua casa, semplicemente per non respingere chi bussava alla sua porta in quel giorno solenne; ci narrava di elemosine rovinose, che i suoi vecchi avevano fatte con gran danno dei loro interessi, nella stessa solennità e per le stesse ragioni; e descriveva la pompa che metteva sua madre nell'addobbo della casa, che ornava tutta di piante verdi e di fiori, nello scambio dei doni, nel pranzo di Natale, al quale voleva che tutti i membri della famiglia assistessero, qualunque fosse la distanza che dovevano percorrere per arrivarci. Dovevamo appunto a quel culto tradizionale per una consuetudine di famiglia, il piacere di trovarci là riuniti; perchè ogni anno il professor Navaro si informava degli studenti che non andavano a far Natale alle loro case, e li invitava a passarlo con lui e coi suoi colleghi che, come lui, non avevano famiglia. L'idea che qualcuno pranzasse solo il giorno di Natale lo commoveva come una disgrazia. Mentre prendevamo il caffè, entrò il servitore ad annunciare che una persona, la quale non aveva voluto dare il suo nome, domandava di parlare al professore. Questi uscì per raggiungere nel salotto il suo visitatore, e lo vedemmo ricomparire dopo pochi minuti. Però si sarebbe detto che in quel breve tempo fosse stato, non in una camera ben chiusa e calda, ma all'aria rigida di quella serata di dicembre, sotto la neve che fioccava fitta, tanto s'era fatto pallido. Si rimise a sedere e vedemmo che rabbrividiva tutto. Bevve due bicchierini di *cognac* uno sull'altro, come per riscaldarsi, ci domandò cosa si stava dicendo, ma non diede retta alla risposta e non prese parte al discorso. Era distratto. Stava muto e pensoso e guardava fissa la brage del caminetto, con uno sguardo di ribrezzo, come se fosse stata qualche cosa d'orribile. Subivamo tutti l'influenza di quell'improvviso cambiamento d'umore, e, dopo aver rallentata la conversazione, abbassata la voce, finimmo per star zitti anche noi, non osando parlare, ed imbarazzati del nostro silenzio. Ad un tratto il professore ci guardò cogli occhi ancora stralunati, e disse:

- Scusate; vi ho fatti ammutolire colla mia aria tragica. Ho ricevuto dianzi una forte scossa morale. Ho visto un individuo che mi ha ricordato un caso atroce della mia vita.

Quella scusa non era fatta per rimetterci in allegria, e rimanemmo ugualmente impacciati e muti. Egli versò dell'altro *cognac* in giro, ne bevve appena un sorso, poi si alzò con impeto, e disse risolutamente:

- Volete che vi narri quella storia? Ora ne ho la testa così piena che non saprei parlar d'altro.

Figurarsi se volevamo! il professor Navaro era il più benvoluto ed il più ammirato dei nostri insegnanti. Il racconto d'un fatto della sua vita c'interessava tutti vivamente. E per giunta egli narrava bene, con facilità di parola da vero Siciliano. Ci stringemmo tutti intorno a lui, ardenti di curiosità, ed egli cominciò a parlare coll'accento vibrato e gli occhi luccicanti come se fosse già entrato nel vivo del racconto...

«Nel 1853 studiavo all'università di Messina, ed ero innamorato della padrona del solo caffè che la polizia borbonica tollerasse. Eravamo in tre a disputarci le sue grazie, tutti e tre studenti di medicina.

«Uno de' miei rivali era un certo Turiddu, figlio d'un emigrato, al quale il Governo aveva permesso da poco tempo di rimpatriare, e che, durante l'esilio, aveva cominciati gli studi universitarî a Parigi.

«Era un buon giovine, di modi aperti, leale, buon patriota; ma quando entrava a parlare dei grandi scienziati francesi, dei loro studi, delle loro scoperte, non la finiva più. Nominava Velpéau, Nélaton, Ricord, come fossero stati suoi colleghi. Aveva frequentate le lezioni di Claude Bernard, e lo considerava, come era realmente del resto, un luminare della scienza. Tutto questo però, e neppure la rivalità in amore, non c'impediva d'essere buoni amici.

«La mia avversione la serbavo tutta per l'altro rivale, Rosario Angherà, che era, non so bene se figlio o nipote, d'un pezzo grosso, e frequentava la casa del vescovo. Aveva lo sguardo falso e la parola melata; non s'abbandonava mai ad impeti di furia nè a sfoghi di passione. Era insinuante, conciliante, gesuiticamente dolce. Non lo potevo soffrire.

«Una sera, alla presenza della bella caffettiera, gli misurai un ceffone che lo sbattè contro il muro. Si fece pallido di rabbia, ma non reagì. Raccolse il cappello che gli era caduto, e borbottando sommessamente, uscì dal caffè dove non si fece più vedere.»

Il professor Navaro fece una pausa, durante la quale noi esprimemmo il nostro biasimo per la condotta di quel gesuita di Rosario, poi riprese:

«Avevamo per professore di patologia un pover'uomo, il quale suppliva alla scienza che gli mancava, colle ciarle, col tuono dottorale ed enfatico, e con una gran fede in sè stesso. Lo chiamavamo il dottor Dulcamara. Però, se i suoi colleghi ed anche gli studenti lo conoscevano per quel che valeva, in città era riuscito a farsi la riputazione d'uno scienziato. Si dava sempre l'aria d'un uomo assorto in profondi studi, ne parlava con grande sfoggio di parole tecniche ascoltandole rimbombare con compiacenza, ed i profani dicevano: Quanto sa quel professore!

«Un giorno lo vedemmo venire in iscuola con un'aria più sibillina e tronfia del solito.

«Una fortunata occasione, cominciò, una di quelle occasioni che si offrono soltanto all'uomo che vigila sempre per impadronirsi di ogni nuova scoperta che possa interessare la scienza, mi permette d'intrattenervi oggi d'un veleno rarissimo, e di mostrarvene sperimentalmente gli effetti. È questa certo la prima volta che in un'università del Regno, e cioè, con carattere scientifico, si presenta questo preparato, del quale credo che tutti voi ignoriate ancora il nome. Si chiama il *curare* ed a me è serbato l'onore di rivelarvene, pel primo, l'esistenza e le proprietà meravigliose.

«Non so se i miei compagni fossero nello stesso caso, ma per conto mio era infatti quella la prima volta che sentivo nominare il *curare* che, a quei tempi, era ancora una novità in Europa.

«Egli girò lo sguardo intorno lentamente per godere della stupefazione che era certo d'aver suscitata in noi, poi, pavoneggiandosi nella sua eloquenza, cominciò a divagare sui selvaggi dell'America del Sud, sulle loro freccie, *che traversano l'etra a volo, e vanno a colpire il pennuto volante presso le nubi, il fiero bisonte nei labirinti della foresta, e lo piombano fulminato al suolo.* Poi, chiudendo l'inevitabile esordio che precedeva sempre le sue trattazioni, concluse:

- Quelle freccie sono avvelenate col *curare.*

«L'esordio e la perorazione erano la farina del suo sacco; poi recitava pagine e pagine, più o meno opportunamente scelte, di qualche trattato o giornale scientifico, e quella era la sostanza della lezione.

«Quel giorno la sostanza prometteva d'essere interessante, e ci faceva sopportar con pazienza i fronzoli rettorici di cui l'ornava il professor Dulcamara. Cominciò dal fare una descrizione pomposa della «*fiesta de las juvias*» (festa del veleno) nella quale si raccolgono le liane necessarie alla preparazione del *curare*. Narrò le varie ipotesi su quel preparato, che alcuni credono puramente vegetale, altri suppongono misto con veleni di formiche e serpenti, e che è tuttora misterioso, perchè il segreto della composizione ne è serbato ai medici, o piuttosto agli stregoni delle tribù. Poi si dilungò nella relazione degli effetti del *curare*, il quale, ingoiato riesce inoffensivo, mentre invece introdotto nel sangue, sia per iniezione sia per ferita d'arma avvelenata, è un veleno istantaneo e micidiale.

« - *Ma, araldo mite della fiera e scheletrita mandataria, il curare riveste la tetra morte colle apparenze soavi del sonno...* esclamò il professor Dulcamara esordendo alla parte pratica della lezione; e passò ad esporre i sintomi particolari di quella morte, che poco dopo potemmo osservare noi stessi.

«Era il punto culminante della lezione.

«Il professore cavò di tasca una busta, l'aperse solennemente, e ci fece vedere due freccie colla punta avvelenata, che aveva ricevute in dono da un viaggiatore reduce dall'America.

«Era trionfante.

«Ordinò al bidello di portargli un coniglio che aveva fatto tener pronto per lo sperimento, e lo punse leggermente sulla schiena, senza che l'animale cessasse di guardar in giro co' suoi occhi d'oro fiammante, e di agitare febbrilmente il nasino roseo in segno di timido sgomento.

«Ma pochi minuti dopo se ne andò cheto cheto in un angolo dell'aula, si rannicchiò contro il muro, ed abbassò gli orecchi sul dorso come se si disponesse a dormire. Rimase perfettamente tranquillo, ed a poco a poco s'accasciò; prima le gambe cedettero, e gli si piegò il capo; poi tutto il corpo cadde sul fianco completamente paralizzato. Sei minuti dopo essere stato ferito, il coniglio era morto, senza gridi, nè rantoli, nè convulsioni che indicassero la menoma sofferenza o una lotta tra la vita e la morte.

«Durante l'esperimento il professore ci aveva narrati vari esempi, citando le fonti a cui li aveva attinti, i quali tutti provavano che la morte per avvelenamento col *curare*, riesce tranquilla e quasi dolce. Più di tutti ci aveva interessati la relazione della morte di un uomo, ch'egli aveva letta in una notizia di Watterton sul *curare*, riportata probabilmente da un giornale. Due Indiani erano a caccia nella foresta; uno tese l'arco, e scagliò una freccia avvelenata contro una scimmia rossa che s'era arrampicata ad un albero. Il colpo era quasi perpendicolare. Là freccia non colpì la scimmia, e nel ricadere ferì l'Indiano al braccio un po' al disopra del gomito. Egli fu convinto che tutto era finito per lui. Disse al compagno colla voce commossa e guardando il suo arco: «Non lo tenderò mai più.» Poi si tolse la scatola di bambù col veleno, che portava ad armacollo, la pose in terra coll'arco e le freccie, ci si sdraiò accanto, disse addio all'amico, e cessò di parlare per sempre.

«Ci eravamo tutti serrati intorno alla tavola del professore sulla quale era stato trasportato il coniglio morto, e, per combinazione, mi trovavo accanto al mio rivale Rosario Angherà. Quando me ne avvidi, feci un atto di ribrezzo e mi restrinsi come per evitare il suo contatto. Ma egli era intento ad esaminare la seconda freccia avvelenata rimasta nell'astuccio del professore, mentre questi finiva il racconto del cacciatore, e citava le parole stesse del Watterton: «Sarà un conforto per le anime pietose il sapere che la vittima non ha sofferto, perchè il *wourali*, o *curare*, distrugge dolcemente la vita.»

A questo punto della sua narrazione il nostro ospite pareva stanco: gli tremava la voce, strascicava lentamente le parole come se gl'increscesse di pronunciarle, ed era evidente che avrebbe voluto sospendere quel racconto cominciato con tanto impeto, e che ora gli faceva ribrezzo. Ma noi lo ascoltavamo tanto avidamente i nostri occhi erano fissi su di lui con tanta ansietà, rimanevamo così ostinatamente muti quand'egli faceva una pausa, per timore di distrarlo dall'argomento, che comprese d'essersi impegnato troppo per retrocedere. Si asciugò il sudore che gli faceva luccicare il viso, bevve un po' di *cognac*, poi ripigliò:

«La curiosità mi fece vincere l'avversione, e mi avvicinai a Rosario. Fremevo d'impazienza che egli deponesse quella freccia, per impadronirmene alla mia volta; e gli stavo sopra per fargli capire che si sbrigasse. Ma, vedendo che indugiava sempre, gli dissi stizzosamente:

« - Quando avrete finito...

«Egli non si mostrò offeso: mi guardò un minuto, poi torse subito gli occhi, e, con quella sua falsa mellifluità, mi rispose porgendo la freccia:

« - Se volete osservarla voi, prendetela pure...

«Ma mentre sporgevo la mano per pigliarla, fece un movimento così rapido, che la punta mi si conficcò nel palmo.

«Un grido generale, disperato, s'alzò da tutti i petti; tutti gli sguardi, tutte le braccia si tesero verso di me: esclamazioni d'orrore, di spavento, di rimprovero, di minaccia, si incrociarono; tutti parlavano, tutti gesticolavano senza intendersi, mentre il professore più frenetico di tutti, picchiava disperatamente i pugni sulla tavola urlando:

« - Disgraziato! l'avete ucciso! l'avete ucciso!

***

Sebbene il professor Navaro ci stesse lì dinanzi vegeto e sano a narrare lo stranissimo caso, noi pure eravamo agitati, come gli studenti di Messina. Alcuni s'erano alzati ed avvicinati a lui, e gli stavano intorno appoggiati alle spalliere delle sedie vuote, altri alzavano i pugni rabbiosi contro l'avvelenatore. Uno studente fece per movere una domanda, ma parecchie voci l'interruppero:

- Stia zitto; stiamo a sentire.

Superato il ribrezzo che gli inspirava il ricordo dell'atto codardo del suo nemico, il professor Navaro aveva ripreso il suo accento vivo, e tirò via a narrare, come se risentisse ancora quelle impressioni, e vedesse quelle scene.

«Alla prima non avevo capito; la puntura era stata così lieve, che non avevo pensato alla gravità del caso. Subito però, vedendo il terrore di tutti, l'idea orrenda della morte m'invase, e, reagendo con tutta la forza della mia giovine vita, mi posi a gridare:

« - L'amputazione! Bisogna amputare la mano!

»Ma la confusione, l'urlìo, il trambusto erano tali, che non potei essere udito, e dovetti ripetere più volte:

« - Sentite! sentite! Dacchè non soffro nulla, è segno che il veleno è localizzato. Amputando la

12

mano si può forse salvarmi.

«Tutto questo era accaduto rapidissimamente; non eran passati due minuti dacchè ero stato ferito. Eppure, dovendo parlar forte per esser inteso, sentii di dover fare una certa fatica; ed ancora, la mia voce non suonò alta in proporzione dello sforzo fatto: l'udirono appena i più vicini, e furono loro che lo dissero agli altri, e subito si ripetè da tutte le parti:

« - L'amputazione! L'amputazione! È inutile! Ma chissà? Si può tentare!

«Un chirurgo! Nella scuola di chirurgia!...

« - Parecchi studenti si precipitarono fuori in cerca del chirurgo. Intanto si continuava a darmi del *rhum* ed a domandarmi:

« - Che cosa sentite? Soffrite molto?

«No. Non soffrivo punto; ma avevo una gran pena a dirlo. Pareva che la sede della mia voce fosse scesa in fondo in fondo al petto; l'azione della gola era insufficiente per attingerla. Risposi una volta o due con accento fioco, poi la voce non venne più. Movevo le labbra ma non usciva nessun suono. Intorno dicevano:

« - Oh Dio! Oh Dio! perde la parola; non parla più; il veleno ha già fatto il suo effetto; non siamo più in tempo per l'amputazione.

«Immaginate l'angoscia che provai a quella sentenza; volevo dire di no; che provassero ad ogni modo; che s'affrettassero... E non potevo dir nulla. La mia voce era morta. Intanto sentii una grande spossatezza invadermi le membra, mi mancarono sotto le gambe, e, se non m'avessero sorretto, sarei caduto. Mi trascinarono fino alla poltrona del professore, dove mi adagiarono dicendo:

« - Ha perduti i sensi; è svenuto.

«Io non ero svenuto: feci un altro sforzo per dirlo, ma fu impossibile. Cercai di accennare colla mano, ma, con infinito terrore, sentii che la mano rimaneva immobile come di piombo; volli scuotere il capo, ma anche il congegno del collo non giocava più; avevo perduto la facoltà di muovermi!

«Atterrito, cercai di dare allo sguardo l'espressione della mia inenarrabile angoscia, ma lo sguardo non può fare lunghi discorsi, e, per quanto immenso fosse l'interesse con cui mi osservavano, i miei compagni, dicevano soltanto:

« - Pare che veda ancora, ma non ci riconosce.

«E mi chiamavano.

"Ah! Ah! nessuno potrà mai dire lo sforzo straordinario di volontà ch'io facevo per dare un'espressione a' miei occhi. Ma lo spavento interno, la disperazione non si traducevano neppure nello sguardo."

***

Nel ricordare quell'atroce suplizio, il professor Navaro fremeva tutto. Non poteva più star fermo; passeggiava per la stanza, agitato, nervoso, asciugandosi il sudore, e gesticolando rabbiosamente.

13

Pareva che lottasse ancora contro quell'orribile impotenza. Noi gli tenevamo dietro ansiosamente cogli sguardi interrogatori, smaniosi d'udire la fine di quel caso meraviglioso e tremendo. Egli respirò due o tre volte forte, s'appoggiò alle spalle d'un suo collega come per sentire qualche cosa di caldo e di vivo accanto a sè, e ripigliò quella storia di morte:

«Ad un tratto una parola orrenda mi suonò all'orecchio.

« - L'occhio s'è fatto vitreo. Non vede più.

«Il professore mi prese una mano e ne pizzicò le carni così forte, che sentii un gran dolore, ma nessun muscolo si contrasse a quella sofferenza, ed egli, lasciando ricadere il mio braccio, disse:

« - Non sente più nulla.

«Allora mi fecero soffrire delle piccole torture, sempre nella speranza di risvegliare la mia sensibilità; mi strinsero i lobi degli orecchi fino allo spasimo, mi strapparono dei capelli, dei peli della barba, mi bruciarono, mi punsero; io sentivo quei dolori acuti, che aggiunti alla tortura che provavo, mi irritavano fino alla pazzia, poi udivo ripetere:

« - No; non sente più nulla.

«Il professore mi applicò l'orecchio al petto e disse:

« - Pare che ci sia ancora una lieve pulsazione; ma presto il cuore avrà cessato di battere; fra pochi minuti sarà morto. Povero giovine! Povero giovine!

«Nessuna mente umana ha mai immaginato nulla di tanto crudele. Non potevo nemmeno girare gli occhi, nemmeno chiuderli! Le mie membra erano impietrite; ero imprigionato vivo in un corpo morto. Se mi si fossero rizzati i capelli sulla fronte, come si dice che avvenga per senso di raccappriccio! Se fossero incanutiti! Si sarebbe capito almeno che qualche cosa viveva in me; che viveva lo spavento; uno spavento angoscioso, febbrile, furibondo!

«Ma nessun segno esterno tradiva la vita del mio cervello, della mia volontà, la tortura del mio spirito. Rimanevo impassibile e freddo come una mummia nelle sue bende secolari.

«Mi sollevarono di peso, e con un immenso mormorio di compassione, mi portarono, cadavere animato e sensibile, nel gabinetto anatomico, dove mi stesero sulla tavola.

«Vidi alcuni de' miei compagni che piangevano; altri, allevati devotamente, si fecero il segno della croce, poi lo ripeterono su di me.

«Un vecchio bidello bisbigliava tutto compunto:

« - *Requiem æterna dona eis, Domine.*

«Vidi il povero prof. Dulcamara che si mordeva i pugni ed esclamava con una convinzione, che in quel momento non mi parve neppur comica:

« - Maledetta la mia scienza!

«Poi vidi una cosa atroce, mostruosa. Una di quelle infamie che farebbero fremere d'indignazione tutto un popolo, contro le quali l'umanità si solleva indignata; e non potei fremere nè sollevarmi!

«Rosario Angherà, pallido, piangente, mi venne accanto sospirando:

« - Oh che disgrazia! povero me, che fatalità!

«Si pose in ginocchio accanto al mio cadavere, e, giungendo le mani come se pregasse perdono, mi susurrò all'orecchio:

« - So che tu vivi, che vedi e che senti: ma non lo dirò. M'hai schiaffeggiato e m'hai chiamato vile; i vili non salvano i coraggiosi, ma si vendicano.

«Poi si alzò, e col volto fra le mani, come accasciato dal dolore, uscì, e tutti lo seguirono.

«Tutte le furie dell'inferno avevano invaso il mio cuore; l'odiavo come non s'è forse mai odiato sulla terra; smaniavo d'avventarmi contro di lui, di stringere fra le mie mani il suo collo torto, di strangolarlo, di sfracellargli coi miei piedi quella testa falsa, ipocrita, malvagia. E non avevo la potenza neppur di dire:

« - È un omicida.

«Mi sentivo stretto in una guaina di bronzo.

«Rimasi solo in quella cella buia, su quella fredda tavola di marmo sulla quale erano stati sparati tanti cadaveri.

«M'abbandonavano. Mi credevano morto.

«Allora mi si affacciò alla mente un pensiero pauroso:

« - Se fossi realmente morto? Se la morte fosse così? Che cosa ne sappiamo noi? Se lo spirito umano non si spegnesse contemporaneamente al corpo? Se dovesse stargli unito ancora, chissà per quanto tempo, forse per sempre, assistere alla putrefazione, alla dissoluzione delle membra?... E poi?...

«A quell'idea, provavo quell'estrema disperazione che ci fa urlare come belve, dilaniare le carni, che ci trascina al delitto, al suicidio. Mi ricordai un tetro caso d'una giovine, che, dopo esser stata sepolta come morta, s'era risvegliata nella fossa; ma a lei almeno erano tornate le forze per urlare, per dibattersi, e fu trovata col capo sfracellato contro le pareti della bara; mentre io non potevo nulla per abbreviare il mio supplizio; mi bruciavo internamente di furore, mi sentivo impazzire a quelle supposizioni spaventose, e rimanevo tranquillo nella mia solenne immobilità da idolo.

«Accanto a me, sulla tavola c'era un coltello anatomico. Avevo il capo rivolto da quella parte e lo vedevo. Mi sarebbe bastato di sporgere una mano per afferrarlo.

«Con che ardore desiderai quel coltello!

«Pensavo che, forse, una ferita al cervello o al cuore, in una parte essenzialmente vitale, avrebbe spenta la mia anima viva nel mio corpo morto. Ma poi chissà? Ad ogni modo non avrei potuto ferire che il corpo, e quello era già cadavere irrigidito.

«In tutta la mia vita spensierata e giovine, non avevo mai pensato con tanto solenne spavento alla dualità possibile dell'essere umano; mai l'idea consolante dell'immortalità dell'anima, s'era presentata ad una mente d'uomo sotto un aspetto tanto minaccioso e spaventevole.»

***

A misura che il professore Navaro procedeva nel suo racconto, la sua eccitazione si comunicava a tutti noi. Senza quasi avvedercene, ci eravamo rizzati in piedi, e gli stavamo raggruppati intorno dinanzi al fuoco, che nessuno pensava più a ravvivare.

A momenti ci guardavamo l'un l'altro sbalorditi e dubbiosi, sospettando che, portata al sommo grado la nostra curiosità, il narratore dovesse cavarsela collo scioglimento comune a molte novelle fantastiche:

- A questo punto mi svegliai; avevo sognato.

Ma poi uno scoppio di voce appassionata, un sospiro affannoso, un brivido di raccapriccio del professore, ci attestavano la verità del fatto, ed accrescevano il nostro interessamento. Il professore continuò:

***

«Avevo serbate tutte le mie facoltà intellettuali, ma la misura esatta del tempo mi sfuggiva. L'impazienza angosciosa allungava enormemente i minuti.

«Mi pareva d'essere rimasto lungamente in quella camera squallida, quando udii distintamente dei passi che s'avvicinavano rapidissimi, e la voce di Turiddu che gridava:

« - Lo so di certo. Me l'ha spiegato Claude Bernard. Se fossi stato in iscuola avrei impedito la circolazione del veleno nel sangue. Ma anche ora siamo in tempo a salvarlo; non è passato un quarto di ora...

«Un quarto d'ora! M'era parso lungo per lo meno tre ore! Turiddu spinse l'uscio, ed ansimante, col viso stravolto, corse a me guardandomi con infinita pietà. Lo seguivano il professore Dulcamara, parecchi studenti, ed il professore di chirurgia, che erano riesciti a trovare. Questi disse:

« - Se si fosse potuto amputarlo in tempo...

« - Che! rispose Dulcamara. La morte è venuta istantanea; fu l'affare di sette minuti.

« - Ma che morte! ribattè Turiddu. Vi giuro che questo giovine è vivo. In questo corpo immobile, dietro quest'occhio vitreo, con tutte le apparenze della morte, la sensibilità e l'intelligenza persistono intere; egli ci vede e ci sente...

«Oh la gioia, la gioia infinita che mi invase in quel momento! Mi parve che quell'incanto malefico fosse vinto; che in quell'eccesso di giubilo potessi stendere le braccia al mio salvatore.

«Ma no; nulla. Il piacere, come il dolore mi lasciavano impassibile e freddo. Intanto il professore tratteneva per le braccia Turiddo, che dava delle istruzioni ad un compagno, e gli gridava:

« - Cosa dite! cosa dite, figlio mio! Non vedete che è rigido? Che gli abbiamo punte le carni, gli abbiamo strappati i capelli e non ha dato segno di dolore?

« - Perchè non può dar segni; ma il dolore lo sente. Il *curare* non colpisce che i nervi motori; Navaro è morto parzialmente; i nervi motori sono morti...

« - Questo è un delirio, tornava a dire il professore.

«E l'altro più affannato che mai:

« - È una verità, professore. Io lo sapevo fin da Parigi. Ne ho parlato anche a Rosario Angherà. Come mai non se n'è ricordato? Si vede che la disgrazia l'ha sbalordito. Ma non c'è un minuto da perdere. Ora Navaro è vivo in un corpo paralizzato. Però in meno di mezz'ora saranno paralizzati anche i polmoni e morirà asfissiato.

«Queste parole mi spiegarono una sensazione nuova di soffocamento, che cominciavo a sentire. Era l'asfissia! La morte che avevo invocata prima, veniva ora che stavano per soccorrermi. Veniva pur troppo, veniva rapida; e non potevo gridare:

« - Ma presto; affrettatevi.

«Turiddo andò all'uscio, e disse:

« - E non tornano coll'apparecchio per la respirazione artificiale! È il solo mezzo di salvarlo.

«Aveva già mandato a prendere l'apparecchio! Ebbi ancora un filo di speranza. Ma soffocavo. Intanto il professore si opponeva energicamente a quella prova. Era pura testardaggine? Era la vanità di non voler vedere smentita la sua sentenza? Tornò ad ascoltarmi il petto, poi disse:

« - Via, sentite. Anche il cuore cessa di battere. Quando mai un uomo può vivere senza che gli batta il cuore? Ma che scienza può insegnarvi questo, figlio mio?

« - Vi assicuro, professore, che Claude Bernard...

« - Ma che Bernard! Sono francesate! Gl'Indiani muoiono da centinaia d'anni col *curare* come questo mio povero discepolo, e non sono mai risuscitati.

« - No, no, professore. State a sentire, insisteva Turiddo parlando con una rapidità febbrile, mentre gli altri studenti erano usciti per sollecitare a far portare l'apparecchio domandato. State a sentire. L'elemento nervoso sensitivo, l'elemento nervoso motore, e l'elemento muscolare, hanno ciascuno la sua autonomia. Uno solo può morire, mentre gli altri vivono. Navaro non può parlare nè muoversi, ma la sua sensitività ed i suoi muscoli sono vivi; l'elemento nervoso motore, che trasmette ai muscoli le manifestazioni della sensitività, è il solo avvelenato; e per mancanza di quel tramite le manifestazioni sono impossibili.

«Il prof. Dulcamara alzava le braccia in alto, giungeva le mani, crollava il capo co' suoi grandi gesti da meridionale, ed esclamava fuori di sè, andando su e giù per la stanza:

« - Cosa mi tocca sentire! Cosa mi tocca sentire!

«Furono le ultime parole che udii. L'apparecchio per la respirazione artificiale entrava appunto, quando cessai di vedere, udii ronzarmi negli orecchi dei suoni confusi, e m'avvidi, disperato, che morivo al momento in cui stavo per esser richiamato alla vita.»

***

Conchiudendo queste parole, il professor Navaro respinse noi tutti, che lo stringevamo davvicino, e s'accostò alla tavola per versarsi un bicchierino di *cognac*. Ma noi lo seguimmo domandando:

17

- Ma poi? Non è morto, professore, dacchè è qui a narrarlo. Dica, come finì?

- Si può figurarselo, riprese con maggior calma, dopo aver bevuto. Dopo non so quanto tempo, apersi gli occhi, e mi vidi solo con Turiddo, che mi faceva respirare artificialmente. A quel primo segno di vita egli mise un grido di gioia e staccò il soffietto... Io ricaddi svenuto. Allora ricominciò, e dopo più d'un'ora potei muovermi e parlare. La sera stessa ero completamente guarito, e dopo alcuni giorni stavo anche meglio di prima.

- Ma, caro Navaro, esclamò un professore di filosofia: io non capisco nulla. È uno scherzo, un racconto di fantasia alla Poe che ci ha fatto? Come mai! Avvelenato, morto a mezzodì, e sano la sera?

- Morto, no; lo sarei stato fra pochi minuti, e nessuno avrebbe sospettato mai che avevo vissuto fin allora: perchè il *curare* paralizza la circolazione come paralizza tutti i movimenti, perchè, come s'è detto, agisce sui nervi motori. Ma se colla respirazione artificiale si riesce in tempo a ravvivare la circolazione ed a mantenerla per un tempo sufficiente, il *curare* si elimina per le vie ordinarie e l'ammalato guarisce. L'importante degli esperimenti di Claude Bernard, fatti su molti animali e riferiti nel suo libro *La science experimentale*, sta appunto in questo, d'aver accertato che, per un dato periodo, prima che la paralisi dei polmoni non abbia prodotta l'asfissia, quell'essere, che presenta tutti i sintomi della morte, vive e può essere salvato. Ma io credo d'essere il solo uomo che ha provato su sè stesso gli effetti di quello strano veleno senza esserne morto. Più volte mi venne l'idea di pubblicare una memoria su quel caso; ma mi ripugna di occuparmene.

- E Rosario! quel gesuita di Rosario, domandammo noi, frementi d'indignazione. Non l'ha ucciso, professore? Non l'ha denunciato?

- Sporsi querela contro di lui per omicidio. Ci fu un principio d'istruzione. Turiddo dichiarò d'avergli tenuto un lungo discorso sugli effetti del *curare*, e sulla possibilità di salvare chi ne fosse avvelenato; io deposi le parole che aveva dette a me quando giacevo come morto; ma egli negò tutto. Ho già detto che aveva delle alte protezioni. D'altra parte il professor Dulcamara, che era rimasto molto umiliato dal trionfo di Turiddo sulla sua scienza, finì col persuadersi che quella era stata una commedia combinata fra Turiddo e me, e continuò a negare che un uomo veramente avvelenato col *curare* potesse riaversi. Conclusione: Non si fece luogo a procedere, e, circa un mese dopo, Turiddu ed io fummo invitati dalla polizia borbonica a lasciare la Sicilia, dove eravamo mal notati all'università di Messina, come imbevuti di idee liberali, e perturbatori dell'ordine.

Fu allora che venni in Piemonte, dove terminai gli studi a questa università di Torino, e, dopo varie vicende, finii, per tornarci col titolo di professore.

- Ah! è un'infamia che Rosario sia rimasto impunito! disse qualcuno. E non ne seppe più nulla, professore? Non lo rivide più?

- Lo rividi, rispose il professore un po' turbato. Lo rividi una volta sola... poco fa. Era la persona che mi domandava in salotto.

A quella rivelazione sorse un grido d'orrore. Tutti ci alzammo, alcuni cercarono di correre all'uscio, come per far giustizia di quell'uomo. Ma il professore trattenendoli riprese:

- Ora è molto lontano. Dacchè le cose sono mutate in Sicilia, è mutata anche la sua fortuna. È venuto qui povero, umile, malandato, a domandarmi cento lire per pagare il viaggio e tornare in paese.

- E gliele ha date, professore? No?

- Sì, gliele ho date. Ho fatto come i miei vecchi; non ho respinto neppure il mio assassino il giorno di Natale.

Poi con un sorriso che rimaneva sempre buono, soggiunse, come per iscusare la sua buona azione.

- Dacchè ho ereditato il loro patrimonio, ed i loro nervi eccitabili, dovevo pure accettare anche i loro pregiudizi. E la parte passiva dell'eredità.

SUOR MARIA

RACCONTO DI NATALE

I.

Erano quattro anni che vivevano insieme il vecchio ed il fanciullo. La madre di Carlo era morta nel giorno stesso della sua nascita. Tre anni dopo, il padre, che lavorava da muratore, era caduto da un ponte e s'era ucciso. Il bimbo era rimasto col nonno paterno, il solo parente che avesse. Abitava una camera terrena fuori di porta Garibaldi. Andrea era nato contadino, e non sapeva adattarsi a vivere in città, ad un piano alto, in una stanza chiusa; aveva bisogno del pian terreno che aprisse sul cortile, con qualche albero in vista, e l'aria aperta. La mattina uscivano assieme, e, dopo un breve tratto, si separavano. Carlo andava alla scuola; Andrea entrava in città e si recava all'officina. Non si rivedevano più fino alla sera. La giornata del nonno finiva assai più tardi della scuola, e Carlo era sempre il primo a tornare. Era un fanciullo un po' viziato dall'amore esclusivo del nonno, e non si trovava bene che con lui; cogli altri era selvatico; non entrava mai nelle case dei vicini, i quali, del resto, erano gente occupata e povera, che non badava a lui. Quelle ore d'aspettativa dopo la scuola le passava solo, in casa o nel cortile, baloccandosi come poteva. Poi giungeva il nonno col passo lento d'una persona stanca. Poteva aver sessant'anni al più; ma, passati al fuoco della fucina, maneggiando un martello che, ad ogni colpo, strappa un ruggito dal petto dell'operaio, sessant'anni contano molto, e sono quasi l'estremo limite della vecchiezza. Fin allora però Andrea resisteva bene alla fatica, e quando Carlo gli correva incontro nel cortile, e lo accompagnava in casa saltellandogli intorno e dicendogli che aveva fame, si rallegrava tutto, e non sentiva più la stanchezza. Preparava la minestra lentamente per lasciare al bambino l'illusione di aiutarlo colle sue manine inesperte; poi sedeva sullo scalino del focolare, si prendeva il bimbo fra le ginocchia, e, con un cucchiaio ciascuno, mangiavano nella medesima scodella. Era il momento più bello della loro giornata. Facevano a chi prendeva più cucchiaiate, ed il ragazzo rideva tanto di quel gioco, che s'imbrodolava tutto e comunicava al vecchio la sua ilarità. Carlo raccontava gloriosamente i progressi che faceva alla scuola.

- Studio l'abaco. Sai quanto fanno due per due? E tre per tre?

Poi faceva dei disegni per l'avvenire:

- Farò il soldato di cavalleria, e ti condurrò a spasso a cavallo.

Il nonno ascoltava quelle ciarle con compiacenza d'amore, senza badare al tempo che passava. Sovente il bambino gli si addormentava tra le braccia chiacchierando. Allora il vecchio operaio lo portava sul letto, lo svestiva pian piano con una delicatezza da donna per non risvegliarlo, poi fumava la sua pipa in silenzio, e si coricava senza più uscir di casa. Dacchè gli era toccata quell'eredità d'affetto, non aveva più messo piede in un'osteria; non aveva più fatto una partita alla morra. Si era isolato completamente nell'adorazione del suo figliolo. Vivevano l'uno per l'altro, si bastavano, si rendevano felici a vicenda. Sovente, nelle ore solitarie della sera, Andrea pensava all'avvenire, ai suoi sessant'anni vicini, all'infanzia acerba di quel fanciullo che gli dormiva accanto; e tremava, calcolando il poco tempo che gli rimaneva ancora da lavorare, e forse da vivere. E poi? Ma si sentiva forte, ed aveva un gran desiderio di resistere finchè il bimbo potesse aiutarsi da sè; e finiva sempre col dire: "Sarà quel che Dio vorrà." E tirava innanzi, felice di quel grande affetto che gli ringiovaniva il cuore.

II.

Verso la metà di dicembre Carlo cominciò a non parlar più d'altro che del Natale. Andrea, tornando dal lavoro, lo vedeva far capolino dall'uscio socchiuso, col visino roseo pel freddo, cogli occhi lucenti dalla gioia. Aspettava il nonno, ansioso di parlare, e gli si precipitava incontro, cominciando a discorrere tutto ansimante prima d'essere a portata della voce.

- I ragazzi della scuola mettono la scarpa sotto il focolare la notte di Natale, ed il Bambino scende giù dal camino tutto vestito d'oro, con un gran paniere d'oro pieno di strenne. Metteremo anche noi, nevvero, le scarpe sotto il focolare? Ma soltanto le mie, perchè ai nonni il Bambino non porta nulla.

Da qualche giorno Andrea aveva tutte le membra infreddolite, e tossiva. Ma, alla vista del bimbo tutto vispo e contento, si rianimava, parlava anche lui della strenna di ceppo, per informarsi dei desiderii di Carlo ed appagarli poi; almeno nel limite del possibile, perchè l'immaginazione del fanciullo faceva certi voli da mettere in pensiero anche un nonno milionario. Sognava una carozzona con due cavalli vivi; una barca grande, da poterla metterla sul Naviglio ed andarci dentro... Però, quando il nonno, per condurlo ad idee più pratiche, gli parlava di cavallini di legno, di soldatini di piombo, il bimbo si esaltava ugualmente per quelle inezie come pei suoi grandiosi castelli in aria. Organizzavano il programma della loro festa di Natale, ed il pranzo, che il fanciullo doveva combinare, per metterci tutte le cose che gli piacevano meglio. Ogni giorno pensava una nuova lista di piatti insensati, che il nonno approvava sempre. Ma l'infreddatura d'Andrea, invece di guarire, andava peggiorando, gli toglieva l'appetito ed il sonno, lo prostrava. Carlo non capiva gran cosa, ma soffriva di vedere il suo vecchio a quel modo, e di mangiar solo. Una sera era tornato dalla scuola eccitatissimo per le belle cose che aveva vedute nelle botteghe dei pasticcieri e dei salumai; era più chiacchierino del solito, e redigeva un *menu* di pranzo per Natale, in cui entravano un gran maiale intero con dei fiocchi rossi sul muso e sulla coda, un pasticcio fatto come il Duomo, e tutte le sontuosità che i bottegai mettono in mostra per tentare i ricchi. Andrea si dava da fare intorno alla pentola per nascondere le lacrime copiose che gli piovevano dagli occhi. Quel giorno appunto, aveva cominciato a sentire al fianco destro un dolore pungente, che era andato aumentando d'ora in ora. Si contorceva, si mordeva le labbra per non gridare; ma lo spasimo era tale che lo faceva piangere. Vi sono azioni eroiche, scritte nelle storie, che non hanno costate le sofferenze inaudite, i prodigi di coraggio, che costò ad Andrea la cucinatura di quella minestra. Sperava di resistere finchè il bambino si fosse addormentato. Ma quando si accostò alla tavola per versare il riso nella scodella, quello sforzo lieve gli strappò un grido di dolore. Carlo era già meravigliato del suo silenzio, fu sbalordito addirittura da quel grido, e sopratutto dalle lacrime che gonfiavano gli occhi del vecchio. Non aveva mai visto piangere un adulto, rimase impaurito. Il nonno gli appariva così differente dal solito, ed il dolore ha sempre in sè qualche cosa di tanto solenne, che il fanciullo si sentì preso da una soggezione tutta nuova. Non osava parlare: guardava timidamente il suo vecchio compagno, e non gli reggeva l'anima di mettersi a mangiare. Finalmente il male si fece così violento che il pover'uomo si buttò attraverso il letto, gemendo:

- Ah, non ne posso più. Chiama qualcuno.

Carlo uscì tutto tremante ed andò a bussare all'uscio della stanza vicina. Fece un grande sforzo, per rivolgere la parola a quella gente che gli metteva soggezione.

- Il nonno sta male; piange.

- Che cos'ha? domandò la Margherita.

Ma Carlo era già scomparso. Ella corse nella stanza d'Andrea, gli rivolse due o tre domande, a cui il vecchio potè rispondere soltanto con un gemito, poi ordinò a suo marito d'andare in cerca del medico. Era una buona donna, ma ciarlona, e molto rozza. Mentre applicava dei pannicelli caldi alla parte indolorita dell'infermo, borbottava:

- È in causa di quel ragazzo che vi siete maltrattato così. Vi logorate la vita per fargli fare il signore.

E volgendosi a Carlo gli gridava:

- Vedi? È per colpa tua che il nonno è malato. Purchè tu abbia da mangiare e da bere, eh? E che il povero vecchio s'ammazzi al lavoro, non importa...

Carlo si stizziva dell'ingiustizia di quei rimproveri. Non capiva che colpa avesse lui di quella malattia del vecchio. Ne era invece molto crucciato, e non aveva fatto nulla di cui il nonno avesse dovuto rimproverarlo. Cercava di connettere l'idea del suo mangiare e bere, coll'ammazzarsi dell'altro al lavoro; ma non gli riusciva. Guardò la sua minestra intatta, e disse come per giustificarsi:

- Non ho neppure mangiato io.

- Ecco, i ragazzi non pensano che a mangiare; ma c'è altro a fare ora, che dar da mangiare a te; ribattè la Margherita, prendendo quella scusa per una insinuazione.

E tirò via a dire, che i bambini sono tutti egoisti: «e poi, che costrutto si cava dai sacrifici che si fanno per loro? Dell'ingratitudine; appena mettono i primi peli al mento si guardano intorno a cercar moglie, ed i poveri vecchi... Era il caso d'un suo figliolo, che le aveva tolte le illusioni materne, ed essa lo rimproverava a tutti i ragazzi, ne faceva una regola sconsolante, per sfogare la sua pena in qualche modo. Il medico trovò che il male era grave; si trattava d'una pleurite acuta, ed era urgente di trasportare il malato all'ospedale la sera stessa. Quando Carlo vide sollevare di peso il suo nonno, e metterlo nella portantina, dopo quanto aveva detto la Margherita pensò che fosse una risoluzione sua di allontanare il vecchio da lui, e la accusò d'ingiustizia e di crudeltà. Quella notte, solo nel letto in cui aveva sempre dormito col suo vecchio parente, ebbe dei sogni agitati. I vicini, dalla stanza accanto, lo udirono singhiozzare nel sonno, e la Margherita dichiarò che bisognava dargli sulla voce, perchè non avesse a far scene che finirebbero per farlo ammalare anche lui. Ed il mattino entrò presto a pigliarlo, lo tirò per forza in casa sua, mezzo vestito e mezzo da vestire, e lo buttò a sedere dinanzi ad una scodella di polenta. L'intenzione era benevola; ma Carlo era troppo bimbo per poterla indovinare sotto l'asprezza dei modi. Il nonno l'aveva abituato ad esser trattato con amore, ad essere considerato come un amico. Qualunque cosa egli avesse detta, era sempre ascoltata con deferenza. La noncuranza apparente della Margherita, la privazione di ogni carezza gli riuscivano dolorose come un maltrattamento; ed aggiunte al rancore profondo che le serbava per avergli portato via il nonno, gli rendevano uggiosa la compagnia di quella donna, ed insopportabile la vita presso di lei. Cominciavano appunto quel giorno le vacanze di Natale: non poteva neppure andar a scuola, non sapeva dove stare. Usciva dalla sua stanza nel cortile, poi rientrava e tornava ad uscire, muto, imbronciato, intrattabile. Ogni tanto piagnucolava:

- Voglio andare dal nonno.

- Ci si andrà domenica, gli rispose finalmente la Margherita, e profittò di quel discorso avviato, per tirar via a dirgli: che il nonno avrebbe dovuto viziarlo meno, ed insegnargli ad esser un po' più riconoscente verso i vicini di casa che gli facevano del bene...

- Quand'è domenica? tornò a domandare il bimbo senza darle retta.

- Doman l'altro.

Carlo non aveva idea esatta del tempo; il giorno dopo appena svegliato disse:

- È domenica?

- No; t'ho detto doman l'altro. Se fosse stato oggi, avrei detto domani, rispose la Margherita con tuono cattedratico.

- Quand'è doman l'altro? insistè Carlo.

- Domani.

Carlo passò un'altra giornata, triste, malcontento, capriccioso. Mangiò in silenzio, si lasciò sgridare senza rispondere, piagnucolò senza motivo; e la mattina seguente, prima che la Margherita entrasse nella sua camera, ne uscì vestito alla peggio, abbottonato a sghembo, e disse colla fronte accigliata:

- Oggi è doman l'altro: voglio andare dal nonno.

Per tutta la strada camminò innanzi, voltandosi appena ad ogni cantonata come per domandare da che parte dovesse dirigersi, poi tirando via daccapo frettoloso e muto. Voleva essere il primo a rivedere il nonno; gli dava noia che la Margherita entrasse con lui; gli tardava di parlargli da solo, di sedergli sulle ginocchia, di dirgli tutto quello che aveva sul cuore. Si figurava di trovarlo in una bella stanza, sano ed allegro com'era stato sempre. Gli avevano detto che all'ospedale lo farebbero guarire, ed egli lo aveva creduto. Non s'era rassegnato che a quella condizione. Invece entrando, vide una corsia lunga lunga, con un altare in fondo come una chiesa, ed una sfilata di letti, quasi tutti occupati da figure macilente con un berretto bianco; vide le monache con quella vestitura stravagante, che passavano, come ombre, di letto in letto, parlando piano, e fermandosi appena; udì quel rumore triste di tossi, di rantoli, di scodelle urtate, di lamenti, ripercosso dalle vôlte immense; ed ebbe paura. Si voltò severamente alla Margherita e le domandò: «Dov'è il nonno?» coll'accento che deve aver avuto il signore domandando a Caino: «Dov'è Abele?»

- Numero trentanove, rispose tranquillamente la donna; ed accennò ai numeri sovrapposti ai letti.

- È in letto? domandò Carlo stupito.

- Sicuro; dove vuoi che sia?

- Allora non l'hanno fatto guarire, avete detto la bugia, ribattè il bimbo più severo che mai.

E, vinto il primo sgomento, s'affrettò innanzi solo per trovare il nonno da sè.

III.

Fu invece Andrea che vide lui, e pregò una suora, che aveva accanto, di chiamare il fanciullo.

- Vieni; disse suor Maria facendosi incontro a Carlo, il tuo nonno è là. E gli porse la mano. Egli prese il giro un po' largo per iscansarla, e corse al letto indicato.

Il vecchio fissava con passione su lui i suoi occhi tristi da moribondo, e susurrava: - Oh, Carlo! Oh, povero Carletto! Carlo, ammutolito da quella scena di dolore inaspettata, cercò d'aggrapparsi alle coperte per alzarsi un poco verso il nonno, ma non potè riescirvi. Guardò la suora che gli era venuta dietro. Era una donna matura, delicata ed invecchiata anzi tempo. Carlo era avvezzo alle rughe. La vecchiaia d'Andrea era stata la sua protettrice, la sua compagna; s'era piegata alle sue voglie, aveva giocato con lui, l'aveva amato e reso felice. Ed egli amava i volti vecchi; gl'inspiravano confidenza. Diede una strappatina all'abito della monaca e le disse accennando al malato:

- Non ci arrivo; è alto.

Suor Maria lo sollevò tra le braccia, e si pose e sedere accanto al letto, tenendosi il fanciullo inginocchiato in grembo. Così Carlo si trovò volto a volto col vecchio, che sporse la mano scarna e gli accarezzò la guancia ed i capelli ripetendo:

- Povero Carlo! Che il Signore abbia pietà di te povero figliolo!

Carlo guardava cogli occhi sbarrati senza trovar nulla da dire. Gli entrava nel cuore un sentimento nuovo pel suo nonno. Gli pareva di dover fare il segno della croce davanti a lui, e parlare sommesso come in chiesa. Lo invadeva il primo senso di dolore, e gli dava un'aria smarrita. Stettero un pezzo in silenzio, uno accanto all'altro; poi la monaca, vedendo che non dicevano nulla e soffrivano, e che le ciarle della Margherita, a cui nessuno dava retta, stordivano il malato, volle abbreviare quella vista e disse a Carlo.

- Via, dai un bacio al nonno, e poi vai a casa a pregare per lui, che possa guarir presto.

Il vecchio sporse avidamente la faccia per ricevere quel bacio, ed il fanciullo se gli strinse accanto, nascose il volto sulla spalla di lui, e sfogò in un pianto convulso la passione dolorosa ed ignota che gli gonfiava il cuore. Suor Maria lo tolse di là, e tenendolo per mano, lo ricondusse fin in fondo alla corsia dicendogli delle parole carezzevoli e consolanti:

- Il nonno sarebbe presto tornato a casa; Gesù Bambino l'avrebbe fatto guarire, per fargli passare un bel Natale col suo nipotino...

Poi alla porta, mentre aspettava la Margherita, a cui il malato aveva accennato di voler parlare, si accoccolò, si strinse il bimbo tra le braccia, e lo baciò sulle due guancie. Erano i primi baci di donna su quel volto di fanciullo. Due ore prima, nella sua timidezza selvatica, egli se ne sarebbe scansato rozzamente. Ma, in quella disposizione d'animo penosa, nell'abbandono che lo impauriva, sentiva il bisogno di attaccarsi a qualcheduno, ed apprezzò tutta la dolcezza di quell'atto. Lungo la strada del ritorno, e nella lenta giornata solitaria, rammentò spesso quella monaca buona e desiderò d'averla accanto invece della Margherita. Questa descriveva diffusamente agli altri vicini del casamento la magrezza del povero Andrea, gli occhi infossati nell'orbita, il naso assottigliato, che, secondo lei, era un segno di malaugurio; e Carlo, al cui sguardo inesperto quei particolari erano sfuggiti, se ne risentiva internamente contro quella donna come se li cagionasse lei. E, tra per questo, tra pel confronto che faceva tra lei e suor Maria, sentiva farsi più forte l'antipatia che aveva risentita dapprincipio per la vicina. Tratto tratto domandava:

- Quanti giorni mancano al Natale?

Non era più la strenna, nè il pranzo, nè la festa che sospirava; era il ritorno del nonno che la monaca gli aveva promesso, era il termine di quella esistenza che gli diveniva ogni giorno più uggiosa. Quando gli dissero: «mancano soltanto due giorni» provò una grande gioia. Gli pareva d'essere stato tanto a lungo solo in casa della Margherita, e quel tempo che si esprimeva con quelle brevi parole, *due giorni*, doveva essere così poco al paragone... Ma suor Maria gli aveva raccomandato di pregare pel nonno; e, con quel malumore che lo invadeva, egli non aveva pregato punto. Bisognava pensare a riparare quella mancanza che gli rimordeva la giovine coscienza. Quella notte sognò la chiesa, l'altare illuminato, i canti alti della benedizione; e la mattina i vicini non lo trovarono più nel suo letto; la camera era deserta.

- È un piccolo vagabondo, disse la Margherita. Sarà andato a giocare coi monelli. Quando avrà fame tornerà.

In fondo ne era dispiacente ed inquieta: soltanto, invece di dimostrarlo con rimpianti, il suo carattere aspro si sfogava con rimproveri e male grazie. Passò l'ora della colazione, poi quella del pranzo; si fece buio, ed il fanciullo non si rivide. La Margherita e suo marito lo ricercarono per tutto il casamento, lungo la contrada; ne domandarono a tutti, lo aspettarono fino a tarda sera, poi lasciarono l'uscio della sua stanza aperto tutta la notte, ed un lume acceso, perchè potesse rientrare senza aver paura. Ma Carlo non rientrò.

IV.

La vigilia del Natale verso il mezzodì una carrozza si fermò all'ingresso del cortile.

- È quel vagabondo di Carlo, disse la Margherita correndo fuori con premura.

Ma tosto soggiunse, come per nascondere il sentimento buono che le faceva provare una vera consolazione pel ritorno del fanciullo:

- Ecco, me lo riconducono. Il mal seme non si perde mai. E si compose un viso arcigno mentre si affrettava verso la carrozza.

Ma ne discese soltanto una suora di carità. Invece di ricondurre il bimbo veniva a cercarlo. Andrea era in fin di vita, e desiderava vederlo prima di morire. La Margherita si senti mancar il cuore a quella notizia; e, nel malcontento della delusione provata, disse brutalmente:

- A quest'ora, pensa al suo nonno come alle prime scarpette che ha portate. È fuggito ieri per andare a far il chiasso fuori, e non è più tornato nè per mangiare nè per dormire.

E ricominciò a battere i dintorni in cerca del fanciullo, mentre la carrozza s'allontanava.

Suor Maria s'era fatta monaca a ventisette anni nello scoraggiamento d'un disinganno d'amore, che aveva troncati dei disegni d'avvenire lungamente vagheggiati. Oltre al dolore della delusione sofferta, aveva contribuito molto a farle prendere quella risoluzione, l'idea di sfuggire ai commenti della gente, a cui s'era presentata per molti anni come fidanzata; e fors'anche una speranza segreta di commuovere l'amante infedele. Non per nulla aveva scelto l'ordine delle Suore di carità, dove i voti sono annuali. Ma quando, dopo meno d'un anno, ammogliandosi prosaicamente con una vedova ricca, quell'uomo tolse alla povera giovine l'ultima illusione, che mettendo un po' di poesia nel sacrifizio, l'aiutava a sopportarlo, ella ne sentì tutto il peso, e rimpianse amaramente le gioie dell'amore e della maternità alle quali aveva rinunciato. Era troppo dignitosa per uscire dal convento, *in cerca d'un altro sposo*, come non avrebbero mancato di dire i malevoli. Ma vi rimase senza passione e senza convinzione. Il bene, che faceva per vero sentimento di carità, avrebbe preferito farlo senza quella messa in iscena di regolamenti e di costume, e sopratutto senza quella privazione d'ogni affetto durevole, che la isolava e le assiderava il cuore. La sua anima appassionata prendeva a ben volere tutti gli infermi, tutti i trovatelli abbandonati. Poi, gli infermi che la morte risparmiava, se ne andavano, e non li rivedeva più. I trovatelli venivano reclamati dai parenti, da una nutrice, da un primo venuto, che ne aveva bisogno per farsi servire, ed essi pure se ne andavano, e non li rivedeva più. Tutti i suoi affetti erano troncati, e la monaca rimaneva sempre sola. Intanto gli anni passavano, ed a misura che cresceva in età, suor Maria trovava più gravosa quella vita di soggezione; anche la sua salute s'era alterata in quella reclusione continua, nell'aria malsana degli ospedali. Più volte i medici l'avevano consigliata a svestire l'abito religioso per tornare ad un'esistenza più confacente alla sua salute delicata. Suo padre, morendo, le aveva lasciata una rendita sufficiente pe' suoi bisogni. Allora era già lontano il tempo in cui si sarebbe potuto supporre che uscisse dal convento *per la smania di pigliar marito*. Non era più giovine, ed il mondo non si curava più di lei. Eppure d'anno in anno differiva quella risoluzione. Era una di quelle anime amorose, che hanno bisogno di vivere per qualcheduno, di sacrificarsi. Vivere per sè stessa, le sembrava l'ultima espressione dell'egoismo, e, malgrado le esigenze della sua salute, se ne sarebbe vergognata.

- Qui almeno sono utile a qualcheduno, pensava. Se proprio mi sentirò incapace di resistere, uscirò dal convento; ma finchè posso...

Ed a forza di tirare innanzi, di girar gli ospedali, se n'era fatta un'abitudine, quasi una necessità; e sebbene non avesse rinunciato al disegno di rifarsi laica, nessuno ci credeva più; era piuttosto un'idea vaga, un sogno destinato a rimaner sempre sogno, per consolarla dell'aridità della sua vita reale. Aveva quarantacinque anni quando Carlo l'aveva conosciuta quella domenica. La mattina il medico le aveva detto:

- Il numero trentanove va male; ne avrà per un paio di giorni al più.

La monaca era corsa presso Andrea, e s'era commossa profondamente della desolazione che turbava le ultime ore di quel vecchio, al pensiero dell'abbandono in cui lasciava un bambino. Lei pure aveva aspettato con ansietà il fanciullo, e mentre l'aveva tenuto sulle ginocchia, e ne aveva sentito scotere le fragili membra nella convulsione del pianto, aveva pensato come il vecchio:

- Cosa sarà di lui?

Più tardi tornò, sola e pensosa, al letto del moribondo e gli susurrò dolcemente:

- Quel bimbo è vostro nipote?

Il vecchio chinò più volte il capo in atto di sconforto, come per dire:

- Pur troppo!

- Non ha nessun parente? domandò ancora la monaca.

- Solo al mondo! sospirò l'infermo con accento disperato; ed i suoi poveri occhi spenti si velarono di lagrime.

Quel giorno Suor Maria fu impensierita e distratta. Più volte traversò la corsia senza scopo, e, nell'oratorio, invece di recitare le solite preghiere, rimase assorta in riflessioni profonde, e tratto tratto fu udita sospirare:

- Sono quasi vecchia... Ma! Ma! Cosa fare?...

Pensava al mondo cui aveva desiderato di tornare, e le pareva che fosse un deserto. Si hanno dei parenti, degli amici; ma col tempo i vecchi muoiono, i giovani si disperdono. Uno che tornasse dopo tanti anni sarebbe isolato... Guardava i pochi mobili della sua cella, il letto, il crocifisso, l'inginocchiatoio, e si sentiva presa da una profonda tenerezza per quegli oggetti rozzi e logori. Un medico, attribuendo quell'eccitamento al suo malessere, la fermò mentre traversava la corsia, e le disse, toccando leggermente la sua larga cuffia insaldata:

- Dovete risolvervi a lasciar la *cornetta*, Suor Maria, se volete star bene.

- Oh se fosse per me sola, a questa ora non ci penserei più, sospirò la suora. Ma, cosa fare?

Quando Andrea la fece chiamare, per pregarla di condurgli ancora una volta il bambino prima che morisse, Suor Maria rimase un pezzo immobile a guardare il moribondo, come combattuta fra due pensieri; poi si avviò lentamente senza rispondere. Ma dopo pochi passi si fermò, tornò risolutamente indietro, e disse:

- Mettete l'anima in pace, pover'uomo; al vostro bimbo ci penserò io; uscirò dal convento, e lo terrò con me; siete contento?

Andrea strinse le mani congiunte, come in atto di adorazione; poi, nell'impeto della riconoscenza, riuscì a piegare il capo verso la sponda del letto, dove la monaca posava una mano, e la baciò, lasciandola bagnata di lagrime. Suor Maria uscì subito in carrozza per condurre il fanciullo al suo vecchio parente; ma Carlo era fuggito, e quando la suora tornò all'ospedale con quella nuova disperante, Andrea era morto.

- Meglio così! sospirò la monaca. Dio gli ha risparmiato l'ultimo dolore.

Poi chiuse pietosamente gli occhi del morto, e gli coprì il volto col lenzuolo, pensando a quel bambino che errava abbandonato, con un gran cruccio sul cuore.

V.

Quella mattina che era uscito solo dalla sua casa, Carlo, dopo aver dette e ripetute nella chiesa parrocchiale tutte le preghiere che sapeva, s'avviò per la strada di Circonvallazione, ruminando i suoi rancori contro la Margherita. Se avesse potuto non tornar più in casa se non quando ci tornerebbe il nonno! Gli avevano detto la sera innanzi che mancavano due giorni a Natale. Si studiava di calcolare quanto poteva esserci di meno dopo quella notte trascorsa. Ad ogni modo poteva esser poco; e pensava:

- Appena sarà Natale andrò all'ospedale a prendere il nonno. La monaca ha detto che il Bambino lo farà guarire.

Torneremo a casa insieme, faremo il nostro pranzo, e saremo contenti come prima. Ma intanto cominciava ad aver fame, e, malgrado la sua ostilità contro la Margherita, la buona scodella di polenta che doveva esserci sulla tavola a quell'ora, lo consigliava a tornare verso casa. Era appunto in quella perplessità, quando si sentì urtare, e riconobbe un suo compagno, che aveva frequentata la scuola in novembre, e poi era scomparso.

- Perchè non vieni più a scuola? domandò Carlo.

- Siamo andati ad abitare fuori di Porta Romana, e vado alle scuole di laggiù.

Carlo gli narrò i casi suoi, ed il suo desiderio di non restituirsi a domicilio prima di Natale, per aspettare il nonno.

- Non so dove stare intanto, concluse un po' scoraggiato.

- Vieni a casa mia, propose ospitalmente il compagno. Mio padre lavora fuori di Milano, e torna a casa soltanto la sera del sabato. Domani sera verrà perchè è la vigilia di Natale; ma oggi non c'è.

- E la tua mamma? domandò Carlo, a cui la Margherita aveva destato in cuore una grande paura delle massaie.

- La mia mamma va a servire in città, e sta fuori anche lei tutto il giorno.

- Ma io ho fame; osservò il piccolo fuggiasco impensierito.

- Quando saremo a casa ti darò metà della mia colazione: poi giocheremo tutto il giorno, e vedremo passare il *tram*, e andremo alla Certosa di Chiaravalle, dove si sale sul campanile per una scaletta in aria, che fa paura, ed è facile cader giù...

Carlo seguì il compagno, sedotto da quella prospettiva; ed i fanciulli passarono delle buone ore insieme. Ma quando cominciò a farsi buio, si trovarono imbarazzati. La mamma stava per tornare, e pare che non fosse molto indulgente, perchè il suo figliolo si metteva in grave pensiero.

- Se ti vede qui mi sgrida; diceva.

D'altra parte Carlo, dopo essere stato assente tutta la giornata, si sentiva meno disposto che mai a riaffrontare solo la Margherita: e le strade buie gli mettevano paura. A lungo pensare, il suo ospite trovò un ripiego: in fondo al casamento c'era un piccolo fienile.

- Dormirai nel fieno, disse a Carlo. È bello, sai! Ora ti rimpiatti lassù; ed appena avrò la mia minestra, salirò anch'io e mangeremo insieme. La mamma non s'accorgerà di nulla.

La cosa andò benissimo. Carlo s'addormentò, o quasi, prima che il suo compagno lo lasciasse, e tirò via a dormire fino al mattino. L'altro, che si divertiva di quella novità d'aver un ospite, e che desiderava di farlo sgattaiolare prima che il padrone del fienile potesse scoprirlo e denunciarlo alla sua mamma, era già accanto all'amico quando questi si destò. Lo fece scendere subito, e traverso i campi, lo ricondusse sulla strada, dividendo con lui un pezzo di polenta fredda ed una cipolla, che sua madre gli aveva dato per colazione. Prima di lasciar Carlo, gli disse:

- Vai sempre dritto: poi volta a destra e troverai l'ospedale. Oggi è la vigilia di Natale, ti lasceranno entrare. Dacchè il tuo nonno deve uscire domani, è segno che sta bene, e potrà anche venire con te questa sera.

Carlo approvò quel facile accomodamento, e s'avviò col cuore leggero. Ma, appena ebbe passato il dazio, ricominciarono le difficoltà. Quando doveva voltare a destra? Alla prima contrada? Alla seconda? Per non sbagliare, voltò alla prima; prese i bastioni, ed arrivò fino a Porta Venezia. Ma non s'imbattè in nessuna costruzione che gli ricordasse l'ospedale. Allora entrò in città, e si diede a camminare di su, di giù, distraendosi a guardare le botteghe, poi ripigliando la sua strada, poi fermandosi di nuovo. Forse in quei lunghi giri e rigiri passò anche dinanzi all'ospedale; ma non lo riconobbe. Avrebbe voluto domandare a qualcuno dov'era, ma non osava, e camminava sempre, pensando che finirebbe per arrivarci. Nelle prime ore del pomeriggio si trovò in piazza Cavour, all'ingresso dei giardini pubblici. Andò fino al laghetto a vedere le anatre, poi più in giù alla grande gabbia degli uccelli, poi tornò indietro, e si fermò allo steccato, in cui s'aggiravano melanconicamente due cervi freddolosi. Addossati alle sbarre, parecchi bambini eleganti ben ravvoltolati nelle pellicce, porgevano delle chicche ai cervi, mentre le bambinaie discorrevano coi loro conoscenti. Un bambinello tutto vestito di bianco, che si reggeva appena, non riesciva, per quanto allungasse il braccino minuscolo, ad attirare l'attenzione d'un cervo sul suo pezzo di chicca. Carlo aveva fame, prese pian piano dalla manina del bimbo quel dono trascurato dall'animale, e si pose a mangiarlo. L'infante rimase stupefatto a guardarlo coi ditini stesi nel suo guanto bianco; aperse la bocca come per piangere; poi gli venne un'idea più amena. Prese il resto della chicca che aveva nell'altra mano, e cominciò a mangiare anche lui, sorridendo a Carlo con aria d'intelligenza. Più tardi cominciò a cadere un nevischio gelido; scese la nebbia. Carlo aveva ripreso ad errare per le contrade, ma il freddo gli penetrava nelle ossa. Avvezzo dal nonno a tutte le agiatezze, quell'umidità che gli gelava i panni addosso, gli dava noia. Si trovava in piazza del Duomo. Pensò che quel giorno non aveva pregato, e che per questo non gli riusciva di trovar l'ospedale. Entrò in chiesa. Era un po' assonnato; non si rendeva ben conto di quanto farebbe dopo. S'andò a rannicchiare in un angolo buio, nell'ultima cappella a sinistra che era in riparazione. C'erano ponti da tutti i lati, travi, tele distese, materiali da lavoro. Ma in quell'ora i lavori erano sospesi, ed il fanciullo si trovò isolato nella massima tranquillità. L'atmosfera interna era tepida; regnava una penombra scura, ma, lungo le navate, un rumore incessante di passi, faceva sentire che c'era molta gente in chiesa, e rassicurava il bambino. Da lontano, nel coro, s'udiva un salmeggiare monotono che conciliava il sonno. Carlo, stanco, assiderato, non potè sostenere a lungo l'attenzione alla preghiera; chinò il capo verso la parete, e s'addormentò. Fu risvegliato molte ore dopo, da una molestia allo stomaco. Non era un dolore. Era uno stiramento, una nausea. Aveva fame. Chiamò due o tre volte il nonno; era il nome che gli veniva alle labbra ogni giorno al primo destarsi, dacchè sapeva parlare. Ma non udì la buona voce del vecchio, e si ricordò vagamente la sua storia dolorosa. Stese le braccia, e sentì che non era in letto. Si rizzò ingranchito, confuso; fece alcuni passi, ed urtò negli attrezzi degli operai che ingombravano la cappella. Non sapeva più dove fosse. Si pose a camminare a tentoni nell'oscurità, urtando ad ogni tratto, scansando un intoppo, impigliandosi in un altro; tremava tutto; piagnucolava, ancora istupidito dal sonno. Finalmente non incontrò più ostacoli, non trovò più appoggio da nessun lato, si sentì solo, smarrito, nelle tenebre infinite, nel silenzio pauroso. Atterrito cominciò a chiamare strillando; e le vôlte immense ripeterono le sue grida con un suono cavernoso, che veniva da lontano, si ripercoteva, si frangeva, si prolungava, e moriva lentamente nel buio e nel silenzio di tomba. Allora la paura invase la mente del fanciullo come un delirio. Egli si pose a correre nell'oscurità, urlando, strillando, disperato, pazzo di terrore.

VI.

Suor Maria vegliava la notte di Natale al letto d'una donna malata. Nascondeva il volto fra le braccia incrociate, e piangeva sul suo abito grigio, pensando il Natale delle famiglie, le madri puerilmente occupate del segreto delle strenne, i bimbi giulivi intorno alle mense festive. Lei pure, dopo aver lottato contro la inerzia delle abitudini, ed aver vinto, aveva sognato un momento il sorriso d'un fanciulletto, e la sua prima strenna di ceppo. E quella speranza era nata nel suo cuore in un impeto di carità per un vecchio moribondo. Ma pareva che una maledizione ingiusta la condannasse a vivere solitaria e senza affetti; anche la buona azione era rimasta infeconda, per non procurarle una gioia. Ed il vecchio era morto solo; ed il bimbo errava solo nelle gelide notti d'inverno; e la suora generosa e buona, era sola fra due letti d'ospedale. Fu tolta a quelle meditazioni da una infermiera che veniva a chiamarla. Si asciugò gli occhi, ricompose le pieghe rigide del suo grembiule da monaca e s'affrettò dietro la donna. Una brigata di giovinotti entrando in Duomo per la messa della mezzanotte, avevano trovato un bambino svenuto e lo avevano trasportato all'ospedale. Per la prima volta, nella sua lunga pratica d'infermiera, suor Maria dimenticò la malata affidata alle sue cure, e la notte passò senza ch'ella ricomparisse nella corsia. La mattina di Natale, traverso l'uscio della sua cella, s'udiva uno strano rumore come il ruzzolare di carrozzelle di legno sul pavimento, ed il cinguettìo d'una voce infantile. Più tardi, all'ora del pranzo, la monaca non scese in refettorio; e la suora conversa che le recava i piatti dalla cucina, la trovò seduta ad una piccola mensa allegramente ornata di chicche e di arance, ed apparecchiata per due. Carlo sedeva in faccia a suor Maria, rispondendo amichevolmente alle sue domande, ingrossando la voce per narrarle il terribile fatto della sua reclusione in Duomo, interrogando a sua volta circa una certa casetta bianca con un giardinetto verde, dove la monaca gli diceva che dovevano recarsi presto, ad abitare insieme. Tratto tratto la campana dell'ospedale riprendeva a sonare a morto, e la suora rabbrividiva. Poi s'udì lontan lontano il fischio acuto della locomotiva sibilare fra i rintocchi lenti della campana. Il bambino alzò il dito, come per accennare quel suono ben noto, che gli richiamava tante storie e promesse serene di viaggi, e susurrò cogli occhi scintillanti e la bocchina aperta al sorriso.

- È il nonno che torna!

- No; è il nonno che parte: rispose gravemente la suora che conosceva la campana.

- Va in quel sito lontano dove lo fanno guarire? disse un po' meno lieto il fanciullo.

- Sì; in quel sito lontano dove starà sempre bene.

- Quando tornerà? domandò Carlo.

- Non tornerà: andremo noi a raggiungerlo.

Il bambino contento di quella promessa, stese le braccia verso la suora che lo prese in grembo; poi ricominciò le sue chiacchierine sconclusionate, con certe note acute, certe risate argentine, che echeggiavano stranamente fra le muraglie nude della cella. E suor Maria, abbracciandolo stretto, benediva il cielo che, per una vita di carità, le aveva concesso un amore; e pensando all'avvenire non si sentiva più sola.

SILENZI D'AMORE

Lui si chiamava Fausto; aveva poco più di trentacinque anni, ed era artista di canto; tenore. Lei era una di quelle signore eleganti di cui si dice sempre il casato ed il titolo, e si possono frequentare un mese senza saperne il nome. Non si conoscevano. Fausto era stato a Pegli, dove un'altra dama di Milano gli aveva dato una lettera di presentazione per la contessa Floralio di Santigliano, che doveva trovare a Recoaro.

- Una donnina elegante, spiritosa, simpatica; una giovine vedova.

Fausto aveva incontrati a Recoaro molti conoscenti: aveva domandato della contessa:

- Aveva realmente le attrattive che gli avevano detto?

- Sì; Ma aveva delle timidezze da provinciale. Non osava stare all'albergo. Aveva preso alloggio da una famiglia ammodo; una mamma grassa e tre giovinette magre che si tirava sempre dietro come un'aureola di onestà.

Fausto rimise nel portafogli la lettera di presentazione. Colla sua bella e florida gioventù, col suo carattere leale, il suo spirito sereno, il suo gran nome, e la fortuna che gli sorrideva, non aveva che a presentarsi per incontrare delle simpatie, non gli occorrevano lettere. Da due, tre, dieci persone, la contessa s'intese dire che era arrivato Fausto, il più celebre dei tenori viventi, che cantava una sola stagione dell'anno al Covent-Garden o a Pietroburgo, ed in due mesi di trionfi e di gloria, si faceva una rendita da principe. Tutta Recoaro era agitata dalla speranza di udirlo.

- Canterebbe?

In società no. Era noto che non lo faceva mai. Ma se si fosse combinato il solito concerto a beneficio?... Poi l'amica di Milano scrisse alla contessa:

"Come aveva trovato il suo raccomandato? Simpatico vero? Si vedevano spesso? Le faceva la corte?"

La contessa si meravigliò che non fosse comparso: se ne meravigliò al casino, se ne meravigliò alla fonte:

- Ma questo signore è un orso!

Fausto lo seppe, e, martire della cortesia, si mise i guanti e fece la visita. Fu introdotto in uno di quei salotti borghesi che stanno sempre chiusi perchè il sole non abbia a sciupare i mobili, e di cui la serva apre le imposte quando ha fatto entrare un visitatore, lo abbaglia col riflesso del sollione che batte sul muro bianco di facciata, poi si volta, vede che si copre gli occhi colle mani, torna a chiudere un po' più, un po' meno, e lo fa assistere ad una serie d'effetti di luce, pittorici forse, ma punto comodi. Fausto si guardò intorno, e fece una smorfia. Era un salotto freddo ed inospitale, senza il posto della signora, il suo angolo, la sua nicchia dove un amico può sederle accanto, presso il suo tavolino, e i suoi lavori, i suoi libri, i suoi giornali, i suoi albums e discorrere intimamente, sfogliando di quà, guardando di là, sgomitolando un filo di seta, disegnando un profilo colla matita, leggicchiando un'epigrafe, commentando, saltando di palo in frasca, mentre la signora continua a stare al suo posto a fare quello che stava facendo, senza aver l'aria d'essere là per riceverlo, di perdere il suo tempo per lui. Era il salotto pretenzioso ed ingenuo delle famiglie che ricevono poco, e, per conseguenza, non sanno ricevere. Un divano contro una parete, le poltrone in giro ed una tavola in mezzo su cui la vanità del proprietario mette in mostra tutti quegli oggetti, che la sua modestia considera troppo belli per farli servire al loro scopo. Tazze in cui nessuno ha mai bevuto; servizi da thè e da caffè vergini d'ogni contatto colle bibite suddette; calamai che non conoscono neppur di vista l'inchiostro; e poi, fiori artificiali, uccelli imbalsamati ed i ricami più o meno scoloriti delle signorine di casa; e su tutte le spalliere dei mobili quadrati e dischi all'uncinetto per difendere la stoffa dal contatto dei visitatori. La contessa entrò, salutò in piedi, sedette a disagio sul divano, colle mani in mano, impacciata di trovarsi là fuor di posto, con quell'aria di ricevimento che sembra misurare il tempo alle visite. Fausto, che era avvezzo ad essere ricevuto fra gli intimi delle belle signore, rimase stonato anche lui. Fecero i discorsi di circostanza:

- È da parecchio, che è giunto a Recoaro?

Poi un'occhiatina alla data della lettera che lo presentava, ed un sorriso dissimulato con ostentazione, ma senza osare di parlarne.

- E le acque le fanno bene? Io ne bevo tanti bicchieri, e lei? È poco. È troppo. Quanto tempo si aspetta alla fonte!...

Una conversazione da far dormire in piedi. La contessa cercò di metterci qua e là qualche parola spiritosa. Ma non si sentiva a suo agio, ed a Fausto fecero l'effetto d'una guarnizione di tartufi e d'un bicchiere di bordeaux introdotti improvvisamente nel *menu* di un pranzo casalingo. Non erano in armonia con tutto il resto, stonavano. Uscì col fermo proposito di non ripetere la visita che alla vigilia della partenza, nutrendo speranza di non trovare in casa la signora, e di potersela cavare col laconico *p. p. c.*, in margine di una carta da visita. Ma, per quanto la speranza sia economica a nutrirsi, quella di Fausto non potè vivere a lungo. Il giorno seguente incontrò la contessa alla fonte. Era appoggiata colle spalle ad un albero, aspettando il suo turno per andare a bere. Aveva intorno le solite signorine magre ed alcuni uomini. Là in piedi, con quell'albero per tutto mobiglio, si trovava assai meno a disagio che nel salotto borghese. Appena Fausto le si fece incontro, gli stese la mano mettendo un "Buon giorno" tra due virgole del discorso, e continuò a parlare:

- Senza dubbio, ha sapore d'inchiostro, ma mi ci sono avvezza. Non fosse altro, a forza di dirlo; è la quarta volta che lo ripeto stamane.

- Lo ripeta anche a me, disse Fausto.

- Parlava dell'acqua?...

- Sfido! Dell'acqua, del sapore d'inchiostro, della maggiore o minore ripugnanza che ci si ha... Qui si parla a rime obbligate.

- Ma le signore di spirito sapranno introdurvi qualche variante, ribattè Fausto coll'intenzione di fare un complimento.

- È una rima obbligata anche il fare dei madrigali alle signore, disse la contessa.

- Ed il presentarli anche quando non sono riesciti nevvero? soggiunse tutto umiliato il povero Fausto, che avrebbe voluto ritirare il suo.

- Come vede... rispose la contessa accennando a lui.

Ma lo disse ridendo per togliere l'amarezza a quell'ironia. Poi troncò lì quel discorso, presentò Fausto alle signorine Asting, agli altri conoscenti, e s'avviò per cercare il suo bicchiere. Era davvero elegante, ben fatta; vestita bene; era giovine, allegra, cordialissima, entrava subito in confidenza. Era una di quelle signore, colle quali gli uomini stanno volentieri in compagnia, perchè sanno discorrere, tolgono di mezzo la soggezione senza mai perdere la loro dignità di contegno, e non annoiano mai; una di quelle donne di cui le altre dicono:

- Non si capisce che cosa ci trovino gli uomini di attraente. Non è bella.

- Non era al casino ieri sera? domandò Fausto.

E vedendo che la contessa lo guardava ridendo, soggiunse:

- È anche questa una rima obbligata?

- Ed anche questa è la quarta volta che si ripete, perchè lei è il quarto conoscente che incontro. No, al casino non c'ero. La signora Asting non ci andava, e non mi trova abbastanza vecchia per affidarmi le sue figlie. Non potevo andarci sola.

- Se potessi offrirmi di venire a prenderla io... disse Fausto.

- Sarebbe proprio il caso di dire: *meglio sola che male accompagnata.*

- Lei almeno non ci pensa affatto a fare dei madrigali.

- Ma li faccio senza pensarci.

- Dicendomi che con me sarebbe male accompagnata?...

- Se fosse vecchio e brutto, non glielo direi.

- Allora vorrei essere vecchio e brutto.

La Contessa lo guardò ridendo, ma non rispose. Si vedeva però che aveva qualche cosa da dire, e Fausto glielo domandò:

- Perchè ride? Pensa qualche cosa di male sul conto mio?

- Sì. Penso che è un po' volubile.

- Può darsi, rispose Fausto.

Poi accorgendosi che aveva detto una fatuità, soggiunse:

- Non voglio contraddirla. Ma da che lo argomenta?

- Fino a ieri s'è tenuto in tasca una lettera a maturar la data, per evitare di vedermi; ed oggi vorrebbe essere vecchio e brutto per accompagnarmi.

- Fino a ieri non la conoscevo.

Fausto sarebbe andato lontano su quella via, ma lei si limitò ad inchinarsi ridendo al suo complimento, e parlò di altro. Non insisteva mai sui discorsi, quando cominciavano a prendere una piega galante; li lasciava cadere, salvo ad intavolarne altri che seguiva fino allo stesso punto, per piantarli lì daccapo. È un gioco che piace molto alle belle donnine; un gioco pericoloso. È come quella mezza ebbrezza che procura l'oppio, quell'esaltamento lieve che si attinge in un bicchiere di Sciampagna, un'ebbrezza, un esaltamento innocenti, ma terribilmente arrischiati. Un altro bicchiere di Sciampagna, un grano d'oppio di più, possono trascinare all'ubbriachezza e magari alla morte. Vi sono tante esistenze oneste che pericolano a questo gioco. La sera, Fausto e la Contessa si rividero al passeggio, l'indomani alla fonte, e così via, come accade sempre alle acque ed ai bagni. Si fa vita insieme e si è presto amici. Erano sempre contenti di ritrovarsi, si mettevano subito in allegria. Ma non erano mai soli. La Contessa giungeva inevitabilmente accompagnata dalle signorine Asting, e la conversazione era generale. Fausto s'andava ogni giorno innamorando un po' di più della Contessa, e lei sentiva crescere in modo inquietante la sua simpatia per lui. Ma non si conoscevano abbastanza per abbandonarsi ad una fiducia che poteva essere ingannevole. Stavano in guardia tutti e due. Fausto insinuava, quando poteva farlo, qualche parola tra scherzosa e seria, che turbava la Contessa: qualche volta era lei che la provocava ed era lui che si turbava. Ma ogni volta che stava per affermare a sè stesso: "Sì, è innamorata di me" si ricordava le notizie che gli avevano date della Contessa al suo arrivo a Recoaro: - "gentile, cordiale con tutti socievolissima, brillante, ma buona madre di famiglia ed onesta." Quanto a lei, vedeva quelle esitazioni, capiva che la sua onestà lo scoraggiava, e ci aveva rabbia. Avrebbe voluto che fosse stato certo alla prima che non c'era nessuna speranza clandestina da fondare su di lei ma che l'amasse ugualmente. Non era libera? Non erano liberi tutti e due? L'idea che quel sentimento che l'agitava tutta non trovasse altro riscontro nel cuore di lui fuorchè la speranza ignobile d'un'avventura galante, l'offendeva. Qualche volta si mostrava scettica per strappargli ogni illusione, e pensava: "Meglio che disperi e non mi ami, che amarmi a quel modo." Un giorno che le signorine Asting parlavano di due innamorati da *fatto diverso*, disse:

- Se avessero preso del chinino, questa catastrofe non sarebbe accaduta. Il chinino è un calmante eccellente pei nervi; e l'amore non è che una malattia nervosa.

Pare che lei ne faccia uso del chinino, disse Fausto. Ne ha studiato molto gli effetti. Glielo disse a mezza voce perchè gli altri non udissero, irritato da quella negazione fredda che lo scoraggiava. Ma a lei quella parola sommessa, sussurrata come una confidenza fece l'effetto d'una carezza, malgrado l'insolenza che racchiudeva. S'indispettiva di non risentirsi di quell'insolenza, ma non si risentiva. Tutto il giorno, tutta la sera, ripensò quella voce bassa, quella frase mormorata per lei sola, quell'atto intimo di parlarle piano. Le pareva che l'indomani e tutti i giorni dovesse sempre parlarle così. Scrisse una lunga lettera a' suoi due figli; una lettera di madre appassionata: «Non aveva sulla terra altri affetti che loro due, s'era votata ad una vedovanza perpetua per non defraudarli d'una parte della sua tenerezza. «Era impaziente di vedere la fine di quel mese, per andarli a prendere al collegio, e portarli con sè in villa, e vivere tutto l'autunno in famiglia. Le era penoso starsene sola a quel modo. Alle acque s'annoiava... s'annoiava...»

Voleva persuaderlo a sè stessa; ma invece alle acque ci aveva un interessamento troppo vivo. Aspettava con impazienza il mattino per andare alla fonte, e se per caso ne tornava senza una parola che l'avesse agitata, era triste. E le accadeva sovente. Fausto s'annoiava di quella tutela che lei aveva sempre intorno. Gli pareva un'ostentazione di diffidenza, e si metteva in diffidenza anche lui. La contessa invece avrebbe voluto svincolarsi da quelle soggezioni, ma era timida, non osava più. Prima era andata parecchie volte alla fonte sola: ma, dacchè conosceva Fausto, le sarebbe sembrato di andare a cercarlo; si sarebbe vergognata di lui più che degli altri; e si circondava più che mai. Avevano tutti e due uno strano modo di parlare fissandosi gli occhi negli occhi con un'intensità che pareva fatta per accompagnare dei discorsi appassionati. Invece sovente dicevano:

"Guardi quel cappellino. Sa chi è quella signora? Oggi le signore Asting sono più eleganti del solito" e simili sciocchezze.

E poi, in mancanza di parole affettuose da ricordare, ricordavano gli sguardi; quell'occhio largo, intento, profondo, ritornava con insistenza alla loro mente nelle ore solitarie e lente della lontananza, esaltava la fantasia innamorata, che ne riscaldava, coll'intensità del desiderio, la muta eloquenza. Un giorno qualcuno propose una gita sui somarelli; Fausto mise un grande impegno nel combinarla, se ne entusiasmò addirittura. Gli pareva che la campagna, l'allegria della circostanza, gli avrebbero fornita l'occasione di isolarsi colla contessa un po' a lungo, di parlare con calma, senza soggezione. Non aveva il proposito di precipitarsi a' suoi piedi come faceva nei melodrammi nella sua qualità di tenore. Anzi, appunto perchè era un cantante, s'impuntiva a non far nulla di melodrammatico, e per evitare ogni atteggiamento teatrale, si mostrava prosaico fino all'affettazione. Ma nella sua anima d'artista sentiva potentemente la poesia della vita. Quella donna vedova, indipendente che vedeva ogni giorno senza poter mai svincolarla dalle soggezioni da giovinetta di cui s'era circondata, quei discorsi nervosi in cui apparivano lampi di passione, e che, subito dopo, una nota di scetticismo o di puritanismo smentiva, gli avevano messa la febbre nel cuore. Era risoluto a parlare, ad uscire da quell'incertezza ad ogni costo, a costo di fare una dichiarazione d'amore sul dorso di un asino. Appunto in quel giorno il seguito della Contessa era al gran completo. Oltre alla signora Asting, le figlie, i conoscenti soliti, c'era un giovine di Milano arrivato allora, che le portava una grande provvista di novità, e le faceva la corte anche lui. Fausto non era geloso, e la Contessa neppure. Avevano troppo spirito per questo. Ma tutti i terzi che s'intromettevano fra loro li irritavano; d'altra parte, avevano abbastanza pratica di società per saper pigliare le cose con disinvoltura, e nascondere il loro malcontento. Ma nascondendolo agli altri, se lo nascondevano anche a vicenda, e ciascuno interpretava come indifferenza la rassegnazione dell'altro, e si scoraggiava, e ci metteva della dignità a dissimulare ed a vincere un sentimento che non credeva più corrisposto. Così non cercarono più di isolarsi. Lui andò a far la corte alle altre signore, e lei si lasciò far la corte dagli altri giovinotti. Soltanto tratto tratto si mandavano una parola al volo, si guardavano da lontano, ed erano sempre quelle occhiate profonde, intime, amorose che suscitavano una tempesta nel cuore di tutti e due. Mentre mangiavano seduti in un prato, Fausto udì la Contessa discorrere col giovine milanese di una sua idea paradossale di andare in Terra Santa colla società della *Propaganda Fide*. Era smaniosa di vedere quei luoghi pittoreschi tutti idealizzati dalla poesia del cristianesimo... " - E non c'era obbligo di far propaganda, nè di associarsi a tutte le preghiere ed ai digiuni." Ciascuno era libero di agire come gli consigliava la sua coscienza; onestamente, ben inteso. Si pagavano mille lire e si era provveduti di tutto per sei mesi; viaggio, carovane, guide per essere accompagnati nei luoghi pericolosi; era anche un'economia...

- Quando partiamo? disse Fausto.

- Ma che! Lei crede di trovare sul Golgota codeste fette di *roast-beef*? rispose la Contessa.

Aveva sentita una scossa al cuore a quella parola, colla quale pareva che Fausto volesse dirle che si credeva unito a lei, che le apparteneva già tanto, da associarsi ad ogni suo disegno stravagante ed ineffettuabile, e voleva nascondere la sua commozione. Lui dovette scusarsi del suo appetito; s'irritò di quella risposta prosaica. Se l'avesse amato, se avesse desiderato di sapersi amata da lui, avrebbe potuto rispondergli: - Con che diritto, perchè vuol venire con me?E lui le avrebbe sussurrato: " - Perchè l'amo." Invece l'aveva evitata quella parola: non voleva udirla. E più tardi, sola nella sua camera, anche la Contessa rimpiangeva la stessa cosa. Se avesse osato domandargli perchè si associava a quel suo disegno, egli le avrebbe risposto: « - Perchè l'amo.» Risentiva nel silenzio della notte quella parola sussurrata da quella voce; ne provava un fremito, una soavità infinita. Sperava che gliela direbbe il domani, e fantasticava la poesia dolce d'una confessione d'amore. Ma i domani si succedevano tutti ugualmente delusori. Sempre le stesse soggezioni da cui non osava svincolarsi; sempre la stessa timidezza, le stesse diffidenze; la stessa conversazione, a frizzi, scherzosa, paradossale, di cui avevano presa l'abitudine, e che toglieva ogni valore anche alle espressioni più amorose ed ardite. Fausto ebbe ancora una speranza, una sera che la Contessa lo invitò a prendere il tè. Si figurò uno di quei tè intimi, una cuccuma piccina piccina, due sole tazze, due mani che si sfiorano tremando nell'accendere un fiammifero e nel dar fuoco allo spirito, due cuori che battono forte forte, mentre stesi in due poltroncine, col capo abbandonato indietro e la tazza fra le mani, i due amici, uomo e donna, si mandano traverso il fumo del tè delle frasi brevi, un po' nervose, colla voce convulsa, collo sguardo largo e fisso. Poi posano le tazze, lui prende quell'occasione per alzarsi, per accostarsi a lei, le va dietro pian piano, si appoggia alla spalliera della poltrona, e col capo sul capo di lei, colle labbra che le sfiorano l'orecchio, coll'alito ardente che le brucia il collo le dice: « - Lo sapete, Maria - lo sapete, Bianca - lo sapete, Teresa, che vi voglio bene?» Fra le altre miserie Fausto non conosceva il nome della Contessa. Doveva mettere dei puntolini al posto del nome, nel suo sogno d'amore. Ma pazienza; purchè quel sogno si avverasse era anche disposto a chiamarla Contessa per l'ultima volta. Aspettò quella sera commosso, felice, impaziente. Ci andò troppo presto; ma doveva essere un altro disinganno. La Contessa era seduta sul divano colla signora Asting e la signorina maggiore. Le altre sorelle sonavano un pezzo a quattro mani!!!! Se intanto avesse potuto sedere accanto alla Contessa, benedetto il pezzo a quattro mani che gli avrebbe permesso di parlarle piano. Ma i posti erano occupati a destra ed a sinistra. Bisognò sentire, assaporare, lodare il «tremulo» perfettamente eseguito con tanta agilità, tanta forza, un pezzo così difficile... Poi vennero i discorsi musicali. La Contessa era nervosa; voleva che le opere si musicassero su libretti in prosa. La poesia era una puerilità. Perchè misurare il pensiero sopra un metro, contarci le parole, fissarci le cadenze? Questo era ufficio della musica. Ed anche essa doveva essere semplice, naturale, senz'artificio; un lungo recitativo, filato, drammatico. Lì sui due piedi, ridusse in prosa da parodia, la CELESTE AIDA ed il CIEL O MAR! della Gioconda, e volle che Fausto cantasse le sue arie così. Lei aveva fatto la sua parte bene, però; e lui fece bene la sua, come faceva bene tutto. Aveva quel dono prezioso. Ci mise dell'umorismo. Poi la Contessa gli strinse la mano per ringraziarlo, e quella stretta di mano lunga, espressiva, lo fece tremare di gioia.

- Ed ora basta, nevvero, di bandire la poesia? le disse. Ora torniamo poeti.

- Ma no. La poesia è una convulsione dei nervi, insistè la Contessa, che li aveva lei i nervi in convulsione, perchè era malcontenta dalla sua serata.

- Come l'amore allora? disse Fausto.

- Come l'amore.

- E si guarisce anche col chinino?

- Perchè lo domanda? È poeta lei?

- No, sono innamorato, rispose Fausto. Ma lo disse stizzito. Quella scherma di frasi artifiziose, di paradossi, lo irritava.

Tuttavia la Contessa provò un sussulto al cuore a quella confessione. Ma le signorine Asting si mordevano le labbra come per reprimere una voglia di ridere che non avevano, e lei rispose:

- Ah! allora la compiango.

- Perchè? domandò Fausto.

- Perchè è capitato qui dove siamo tutta gente prosaica.

- Non credono all'amore?

- Sì; ci crediamo, come alla febbre; e consigliamo il chinino.

- Io se conoscessi una donna innamorata, le consiglierei le acque di Recoaro, disse Fausto stizzito.

- Per averla vicina?

- No. Non l'avrei vicina perchè parto domani. Per guarirla dell'amore come lei.

- La prego di credere che io non ho avuto bisogno di guarire. Non ne ero malata.

- Mai?

- Mai. Poi ripigliò: Forse, quando mi sono maritata... - Era un modo di troncare il discorso. L'annuncio di quella partenza l'aveva scossa tutta. Perchè partiva?

Quella sera si separarono amareggiati, irritati; si strinsero la mano convulsamente. E nelle lunghe ore d'una notte insonne, la Contessa si tormentò con pensieri sconfortanti: «Dunque non l'amava, non l'aveva amata mai dacchè se ne andava così, senza rivederla, come un estraneo. Era venuto dopo di lei. Non aveva scritture che lo chiamassero altrove. Se ne andava per andarsene; perchè ne aveva assai, di Recoaro. La sua presenza non contava per nulla, non aveva influenza per trattenerlo. O Dio! E lei che s'era montata la testa!...» La mattina si alzò dal letto scoraggiata, disillusa, ma calma come una donna ragionevole. Le faceva male di rinunciare a quell'ultima illusione. Era l'ultima. Aveva già creduto di non poter averne più. Poi sul suo orizzonte grigio di madre, di vedova, era apparsa quell'ultima striscia rosea di crepuscolo, quell'ultimo bagliore di luce, quell'ultimo saluto di sole. S'era sentita ravvivare la fantasia, riscaldare il cuore. Ed ora bisognava rinunciarvi, ritornare al grigio, ritornare alla solitudine fredda, e alla sua età era per sempre! Voleva pensare ad altro. A' suoi figli; ad Alfredo che aveva bisogno dei bagni di mare: ed al suo villino sul lago di Como a cui si dovevano fare delle riparazioni importanti e costose. Come tutrice de' suoi figli, queste dovevano essere le sue cure. Ed intanto le tornavano insistenti al pensiero due versi d'una romanza moderna che aveva cantata tutto l'inverno senza badarci.

La vita è solitudine
Senz'amor, senza sogni e senza Dei.

Si vestì coll'abito da mattina tutto bianco, che la faceva svelta e sottile. Poi andò al balcone irritata dalla penombra grigia che l'avvolgeva, assetata di luce, assetata d'azzurro, e spalancò le gelosie con un impeto nervoso, mormorando sempre

La vita è solitudine
Senz'amor, senza sogni e senza Dei.

Ma rimase là, colle braccia alzate, colla frase interrotta, paralizzata, immobile, bianca sul fondo scuro del balcone aperto, come una statua in una nicchia. Aveva ritrovata la poesia rimpianta, aveva ritrovato il suo amore, il suo sogno, la sua fede. Giù nella via, appoggiato al muro di contro al balcone, aveva veduto Fausto, colla faccia alzata verso di lei, che l'aveva aspettata, che la guardava fissa co' suoi grandi occhi innamorati. Quella dichiarazione tanto aspettata, tanto invocata, che nessuna parola aveva potuto esprimere, che nessuna dimostrazione era valsa ad affermare, ora era detta, chiara, appassionata, irrevocabile. In quel momento ogni dubbio scomparve. Tutta la storia del loro cuore si rivelava in quello sguardo muto. Non si salutarono. Anche il saluto è una convenzione e loro erano fuori di tutte le convenzioni, di tutte le regole. Tra un grande artista e una gran dama, quell'amore dal balcone alla maniera degli studenti, per non essere ridicolo doveva essere solenne e grande come una vera passione. Da parte di Fausto era un atto disperato. Irritato con sè stesso di non poter dire quello che aveva nel cuore, irritato colla Contessa che non voleva comprenderlo, irritato più che mai con tutti i terzi e con tutte le soggezioni che si frapponevano tra

37

loro, in un momento di dispetto si era lasciato sfuggire quella parola: "Parto domani." Non era un proposito, non ci aveva pensato, non aveva risoluto nulla. Ma omai l'aveva detto, e doveva partire per non suscitare commenti pettegoli. E tuttavia non voleva partire con quella spina nel cuore; non poteva tollerare quell'incertezza. Un momento gli era venuta l'idea di scrivere alla Contessa; ma quando era stato lì per scrivere l'indirizzo di quella signora, di cui non conosceva neppur il nome, aveva esitato. E se non l'avesse amato? Se fosse stata un'illusione la sua, e lei dovesse ridere di lui e della sua lettera? Se realmente non avesse creduto all'amore come diceva? E ad ogni modo, qualunque emozione le avesse suscitata nell'animo quella confessione scritta, se s'era proposta serbare il suo segreto, la lettera non avrebbe giovato a strapparglielo. E due ore dopo, Fausto l'avrebbe riveduta col solito sorriso sulle labbra, e se c'era stata una tempesta, non ne avrebbe saputo nulla. Ed egli voleva saperlo, voleva sorprenderla quella tempesta che rispondeva in un altro cuore alla tempesta del suo. Quando mi vedrà, all'alba, fermo in istrada a contemplare la sua finestra, come un innamorato da romanzo, come un pazzo, non potrà pigliarlo per un complimento. Dovrà comprendere che l'amo, e confessare che lo comprende. E la Contessa non esitò a confessarlo. Rimase affascinata, col cuore palpitante, cogli occhi fissi negli occhi di lui, bevendo a larghi sorsi la felicità, in quel lungo silenzio d'amore. Rimase senza misurare il tempo, senza contare le ore. Dopo la luce rosea dell'alba, venne un soffione che le ardeva il capo, che la avvolgeva tutta in un'aureola d'oro, che le infiammava il volto, che strappava raggi e scintille da' suoi cappelli biondi. E Fausto dimenticava il tempo, la strada, la gente, non vedeva che lei in quella gloria di luce e d'amore. E quando dovettero ritirarsi, riportarono nel cuore la gioia intensa dalla passione corrisposta. Non diffidavano più: erano certi l'uno dell'altra. La società abusa di tutto, toglie il valore ad ogni cosa. Le più calde proteste sono complimenti; una stretta di mano forte, lunga, amorosa, è un saluto; le assiduità più insistenti, sono cortesie. Ma quella corrispondenza muta di due sguardi, l'eloquente poesia di quel silenzio, non era registrata fra gli atti regolari della vita, non si poteva giustificare con un nome profano. Era il linguaggio della passione. Più tardi, quando s'incontrarono alla fonte, la Contessa non era più timida e peritante; colla sicurezza della felicità, si lasciò dietro un tratto la sua inevitabile tutela, e, per la prima volta, lei e Fausto, si trovarono liberi di parlarsi senza testimoni. Ma si erano detto tutto in quel lungo silenzio d'amore, si sentivano d'accordo. Si strinsero la mano; poi Fausto le offerse il braccio, e si avviarono lentamente inebbriati e felici, appoggiati l'una all'altro, come dovevano esserlo per tutta la vita.

UNA VOCAZIONE

- Cosa volete? È una necessità... disse il signor Cantinelli avviandosi verso l'uscio, con un sorriso un po' forzato, sul viso giallastro. Il Signore m'ha tolta troppo presto la vostra povera mamma... Cosa fare? Cosa fare?

Le due ragazze erano sedute una in faccia all'altra, nel vano della finestra, ai due lati d'un gran telaio sul quale era stesa una stoffa di seta bianca, destinata a diventare, quando il ricamo fosse finito, uno stendardo da portare in processione per la festa della Madonna del rosario. Non alzarono gli occhi dal lavoro, e non risposero. Il signor Cantinelli stette un momento esitante tra il parlare ancora e l'andarsene. Aveva detto quanto doveva dire; la nuova ufficiale del suo secondo matrimonio. Ma quel silenzio, quella freddezza delle sue figliole, lo lasciavano scontento. Era buono; avrebbe voluto vedere tutti soddisfatti. E d'altra parte, non poteva nè voleva rinunciare alle seconde nozze. Cercò di strappare una parola d'approvazione alle ragazze dicendo:

- Il Signore ha stabilito così, e sia fatta la sua volontà, nevvero figliuole?

- Tu sai quel che fai babbo... rispose la Bianca in fretta, senza guardarlo.

La Paola non rispose affatto. Allora il signor Cantinelli insinuò la sua persona piccola, ossuta e magra, traverso l'uscio socchiuso, e, sempre con quel risolino compunto sul largo viso incorniciato dai capelli e dalle basette biondiccie, richiuse l'uscio pian piano, e senza rumore. Quando fu scomparso, le ragazze affrettarono i punti al ricamo, vergognose di quell'idea che stava fra loro, sentendosi offese nel loro pudore delicato di giovinette, e non osando parlarne.

- Dammi il filo d'oro, disse dopo un tratto la Bianca, questo contorno deve riuscire bellissimo.

E guardava attentamente il ricamo, come se da un pezzo non avesse pensato ad altro, ed il discorso di suo padre non l'avesse menomamente distratta da quel pensiero.

- Il filo d'oro è nell'armadio, della nostra camera, rispose la Paola.

Poi, tirando l'ago in fretta e senza guardare sua sorella soggiunse:

- La nostra povera camera che dobbiamo abbandonare.

Le tremava la voce ed era tutta convulsa. La Bianca arrossì vivamente, ma non rispose, e non si mosse per andare a prendere il filo d'oro. L'aveva domandato per dir qualche cosa, ma non le occorreva. Intanto la Paola diventava più agitata. Le tremava la mano, ed il respiro le si faceva corto ed affannoso. Sentiva il bisogno di sfogare l'amarezza che le si accumulava in cuore di minuto in minuto. Quella nuova inaspettata, impreveduta affatto, l'aveva ferita aspramente nel suo amor proprio di donna di casa, e più che tutto, nel suo pudore verginale.

- È crudele, disse fremendo, essere scacciate dalla nostra camera. E perchè? Da tre anni che dirigo io la casa, ho sempre bastato a tutto, e non *ha* mai dovuto farmi rimproveri, mi pare.

Parlava di suo padre, ma in quel momento non voleva nominarlo.

- Dobbiamo rassegnarci, rispose la Bianca in tono conciliante, e sempre cogli occhi bassi. Dacchè non c'è un'altra camera abbastanza vasta...

- Ma che bisogno c'era della camera vasta... e del resto? esclamò con impeto la Paola, rizzandosi tutta nervosa, ed andando a parlare ai vetri della finestra. Non si stava bene tra noi? Che bisogno c'era?...

- Forse al babbo riesciva d'imbarazzo l'accompagnarci, il vegliare su noi... Bisogna aver pazienza... suggerì la Bianca, che, sebbene più giovine di sua sorella, era più positiva, e meno facile ad eccitarsi.

- Ma che! Ma che! Io ho ventidue anni, mi so custodire da me, e tu pure; ed usciamo così poco che non può dargli fastidio l'accompagnarci; in casa non vien mai nessuno ...

- Sentiva troppo la perdita della povera mamma, ritornò a dire la Bianca. Aveva bisogno d'una compagna anche lui...

- Stai zitta! Stai zitta! gridò la Paola febbrilmente, turandosi le orecchie. Certe cose mi fanno vergogna. La sua compagna l'ha avuta. Dio gliel'ha tolta; è una disgrazia; ma non ha diritto lui di trovarsene un'altra. L'amore il matrimonio, devono legare per sempre, per questa vita e per l'altra.

- Sai; ciascuno ha il suo modo di sentire... Ora il babbo ha un'altra affezione...

- Oh! alla sua età! Un padre di famiglia... pensa!

E la Paola si pose a ravviare con una fretta convulsa le sete sparse sul telaio; poi se lo caricò sulle spalle per andarlo a riporre borbottando:

- Ah! povera mamma! povera mamma! Chi muor muore, e chi vive si fa core!

La Bianca le andò dietro nella famosa camera che dovevano abbandonare, e quando il telaio fu appeso al chiodo in fondo ad un grande armadio, abbracciò, per di dietro, le spalle della sua sorella maggiore, e posandole la guancia sulle treccie per non incontrare il suo sguardo durante quel discorso imbarazzante, le susurrò:

- Cerchiamo di prendere la cosa in buona parte, Paola. È il nostro babbo, ed è buono; non tocca a noi di giudicarlo.

- Io non posso a meno di soffrire; farò male, me ne confesserò; non so che farci; c'è qualche cosa dentro di me che s'offende, mi vergogno;... Non so... Al solo pensarci mi vengono le fiamme al viso.

E con un gesto di ripugnanza esclamò:

- Oh! alla loro età!

- Ma via! Sei un'esagerata! Una sensitiva! Lei ha dieci o dodici anni più di te; non è vecchia. Non sarà una matrigna. Saremo tre sorelle invece di due...

- Che! tre sorelle! ribattè la Paola crollando le spalle. Prima di tutto, non è già più giovane se ha dodici anni più di me. E poi... poi... Tu non pensi alle conseguenze...

E non osò dir altro. Arrossirono tutte e due senza guardarsi, come avrebbero fatto dinanzi ad un'immagine troppo nuda.

Il signor Cantinelli era molto devoto; frequentava la chiesa ed i sacramenti, mangiava di magro il venerdì ed il sabato, non lavorava mai la domenica nè le altre feste comandate, a costo di morir di noia, ed era in buona fede. Aveva ereditato da suo padre un patrimonio meschino, ed un'intelligenza, ancor più meschina del patrimonio. Aveva tentato di studiare per ottenere un grado accademico, ma non era riuscito. S'era voluto avviarlo al commercio; ma aveva manifestato, alle prime prove, un'assoluta incapacità. S'era dunque accontentato d'un impiego modesto in una banca, dove la sua grande onestà gli faceva perdonare di non avere altri meriti. Da buon cristiano però egli s'appagava del suo stato; era umile, non aveva ambizioni. Era stato buon marito, ed era buon padre, affettuoso, carezzevole, perfino sdolcinato; incapace del menomo atto violento, e neppure d'alzare la voce. Badava a fare il suo dovere, come l'intendeva lui, *da galantuomo e da buon cristiano*, ed era sempre contento. Non desiderava la roba d'altri, e, finchè aveva avuto la moglie, e finchè gli era durato il dolore d'averla perduta, non aveva mai desiderata neppure la donna d'altri. Appena rimasto vedovo aveva ritirate le sue figliole dal convento, aveva ceduto a loro la camera nuziale coi due lettini gemelli, ed era andato a dormire nella cameretta, dove stavano le fanciulle quand'erano piccine. La Paola aveva assunto il governo della casa che disimpegnava benissimo, mettendo in ogni cosa la raffinatezza, l'eleganza, l'idealismo che erano nella sua natura. E, tra il lavoro, le preghiere, le pratiche religiose e le carezze che prodigava alle figliole, quel buon uomo, tutto tenerume, credeva di poter durare tutta la vita. Ma aveva poco più di cinquant'anni; era vegeto, tranquillo; ed un bel giorno s'avvide che il desiderio peccaminoso della donna d'altri, o almeno della donna non sua, cominciava a spuntargli nel cuore. Se fosse stato prete o frate, nella sua grande onestà avrebbe ricorso ai cilici, alle macerazioni, magari alla disciplina, e, di certo non avrebbe trasgredito il suo dovere. Ma, dacchè non aveva fatto dei voti, e gli era possibile di concigliare i suoi desideri col suo dovere, di farsi anzi un dovere di quanto ora lo turbava come una tentazione, non gli parve vero di mettersi d'accordo colla santa madre chiesa e con sè stesso, aggiungendo un nuovo piacere alla sua vita da cuor contento. Sicuro della santità delle sue idee, si mise ad adocchiare le donne che incontrava, specialmente all'uscire dalla chiesa, per esser certo d'imbattersi in una sposa timorata di Dio; e non tardò ad accorgersi che una donnetta, belloccia, piccolina e grassa, faceva accelerare le pulsazioni del suo cuore, ogni volta che lo sfiorava col vestito passando, o che fermava a caso gli occhi chiari da bionde, nei suoi. Le tenne dietro; seppe chi era, e dove abitava, e che era vedova, senza prole. Le espose nei termini più onesti la sua domanda, che venne accettata; e, colla coscienza tranquilla ed il cuore giubilante, andò ad annunciare alle sue figliole la nuova de' suoi serotini amori. Aveva cominciato la confidenza abbracciandole, accarezzandole, vezzeggiandole, com'era sua abitudine. Ma il rossore, la confusione di loro a quella rivelazione, lo avevano imbarazzato; e se ne era andato via un po' impensierito, non potendo capire come mai un fatto legittimo e santo, come il settimo sacramento, potesse offendere chicchessia. Non erano coniugi sant'Anna e san Gioachino, san Giuseppe e la Madonna...?

Anche la prima moglie del signor Cantinelli era stata allevata religiosamente, e, vivendo con quel divoto convinto, era diventata divota, ed aveva inculcati gli stessi sentimenti alle sue figliole. Queste non avevano un vero fervore religioso. Avevano accolti sentimenti e credenze, senza discuterli, e come cose indiscutibili. Non provavano gran dolcezza nelle preghiere, nè estasi nella meditazione; non si commovevano alla confessione nè alla comunione; ma avrebbero creduto di commettere un'enormità trascurando quei sacramenti, o perdendo la messa una domenica. La Bianca, di carattere sereno e calmo come suo padre, di mente ristretta, punto fantastica, metteva d'accordo le pratiche religiose e la vita di famiglia, pensava che un giorno o l'altro la domanderebbero in moglie, si mariterebbe, avrebbe dei figlioli da allevare; ed aspettava tranquillamente quell'avvenire che le sorrideva. La Paola, invece, aveva un ideale poetico, mezzo uomo e mezzo angelo; pensava all'amore come ad una musica serafica, ad un vincolo misterioso, solenne ed eterno; il matrimonio se lo figurava «il traversare la vita tenendosi per mano». Era per lei il colmo della poesia, un quadro di bellezza, di gioventù, di luce e d'azzurro. Nessuno le mostrava mai la parte vera e positiva dell'esistenza nel matrimonio. Sua sorella, meno idealista, la vedeva da sè. Ma lei avrebbe avuto bisogno di un correttivo alla mente troppo immaginosa ed alla sua sensibilità eccessiva. E questo correttivo non lo trovava di certo nell'ambiente in cui viveva. Il riserbo della vita monastica, nel convento, aveva anzi aumentata la sua suscettibilità. La menoma parola meno che pura, o che lei credesse tale, la faceva arrossire. Se stava cucendo una camicia, quando entrava qualcuno, la nascondeva in fretta come una cosa indecente, e per quanto poteva, evitava persino di nominarla. In casa loro non c'erano quadri nè statue profane. Nell'entrata c'era una nicchia con una statua della Madonna dinanzi alla quale ardeva sempre un lumicino. Nella camera delle ragazze c'era un'altra madonnina di gesso. Un bambino Gesù di cera, che riposava da anni ed anni sotto una campana di vetro nel salotto, era stato pudicamente vestito di una tunichina di seta bianca, che il tempo aveva ingiallita; e le ragazze l'avevano veduto sempre così. Non erano mai state in una pinacoteca, nè ad una esposizione artistica; e, persino in istrada, il signor Cantinelli studiava dei giri viziosi per non farle passare dinanzi ai monumenti, dove avrebbero potuto vedere qualche figura di donna col petto scoperto o qualche puttino nudo. Avevano letti i romanzi della contessa di Segur, della signora Fleuriot, del padre Bresciani, ed altri dello stesso genere. Ma questi appunto avevano fomentate le aspirazioni idealiste della Paola, che, nelle coppie di sposi, voleva vedere soltanto dei Malek Hadel e delle Matilde. In tanta purezza d'azzurro, quel matrimonio d'un uomo vecchio con una donna matura, quel discorso del cambiamento di camera per cedere a loro la camera comune coi due letti gemelli, suscitò tutte le ripugnanze della poetica Paola. L'amore vecchio, che s'adagiava senza riserbo dov'era passato un altro amore giovine e pieno delle ingenuità e dei rossori dei primi sentimenti, offendeva la sua delicatezza di fanciulla, la metteva nell'imbarazzo, come se avesse commessa lei un'azione sconveniente. Il signor Cantinelli presentò le sue figlie alla sposa in una visita di cerimonia, nella quale si contenne con un grande riserbo; e poi affrettò le nozze per uscire da quella situazione difficile. Fece colla sposa un brevissimo viaggio di nozze, perchè i suoi mezzi e l'impiego non gli permettevano di prolungarlo e perchè, come padre affettuoso e compreso del suo dovere, non voleva lasciar lungamente due giovinette sole. E dopo otto giorni tornò a custodirle, offrendo agli occhi modesti delle due fanciulle, pei quali s'era messa una camicia al bambino Gesù, lo spettacolo della sua luna di miele; certi baci e certe occhiate da fare arrossire la Vergine di gesso nella sua nicchia. Faceva il suo dovere di sposo cristiano amando la sposa che Dio gli aveva concessa; e, del resto, era carezzevole per natura, baciucchiava la moglie come baciucchiava le figlie; di atti scandalosi non sarebbe stato capace di commetterne; e la sua coscienza non gli rimproverava nulla. Infatti la Bianca non ci vedeva alcun male. Quando sua sorella usciva dal salotto tutta rossa ed indignata, spingendosi indietro l'uscio, per isfuggire la vista di quelle carezze, lei la seguiva e le diceva:

- Ma perchè ti agiti a questo modo, Paola? Non vuoi che il babbo voglia bene alla sua sposa? È la religione stessa che comanda agli sposi d'amarsi.

La Paola non rispondeva, come non aveva parlato neppur prima. Non si rendeva ragione della ripugnanza che provava. Non faceva un torto a suo padre della sua tenerezza. Ma sentiva che ognuna di quelle carezze distruggeva una sua illusione; le faceva vedere vecchio, brutto, materiale, l'amore che lei aveva collocato in alto, sulle nuvole, puro e bello come una visione di cielo; profanava il suo idolo. La Bianca la capiva in parte, ma non poteva ragionarla molto. Era un argomento troppo scabroso per loro. Tutt'al più le diceva:

- Tu hai troppa poesia in testa. Ti figuri che tutti abbiamo le tue delicatezze. Invece il mondo è differente; e bisogna pigliarlo com'è. Se vorrai maritarti, mia cara, ti ci dovrai avvezzare.

- No, è impossibile, diceva la Paola, se il matrimonio è così non ne voglio sapere.

- Ma come vuoi che sia? insisteva la Bianca, vincendo un poco l'usato riserbo del loro parlare, per dare un poco d'ilarità alla sorella troppo ideale. Vuoi che due sposi stiano a guardarsi da lontano come due papi di gesso? Se si fanno qualche carezza, non ci vedo nulla di male.

La Paola crollava le spalle e stava zitta. Infatti non avrebbe potuto dire che ci vedesse del male neppur lei. Ma non trovava più bello il matrimonio, dacchè lo vedeva così, e si sentiva profondamente delusa, e soffriva della sua delusione, e non sapeva più cosa desiderare nè cosa sperare, dacchè il suo sogno era svanito. A forza di isolarla in un ambiente di purezza ideale, di parlarle col frasario convenzionale inventato per le ingenue, di accarezzare il suo pudore esagerato e ritroso da sensitiva, l'avevano lasciato esaltare fino alla mania. Co' suoi ventidue anni e la sua intelligenza, non poteva serbare l'indifferenza e la fede d'un'ingenua; capiva che fin allora s'era ingannata; si sentiva fuori dalla normalità; ma non poteva vincere le sue impressioni, la sua delicatezza nervosa, e soffriva, piangeva, si eccitava.

Dopo alcuni mesi la sposa cominciò ad abbandonarsi sulle poltrone in abito discinto, e lo sposo, più tenero verso di lei, parlava tutto ringalluzzito, di «quello che verrà,» della culla, dell'allattamento. Erano discorsi nuovi in quella casa, dove era molto se, arrossendo e chinando gli occhi, si diceva che «una tale signora aveva comperato un figliolo». La Paola aveva finito per isolarsi quanto era possibile, nella sua cameretta. Lavorava e pregava in silenzio, teneva sempre gli occhi bassi, ed a poco a poco, la sua ritrosia sempre allarmata, le aveva dato un aspetto rigido. Un giorno il signor Cantinelli la prese a parte e le disse:

- Sai, figliola mia, che t'avvicini ai ventitre anni? Non è per dire che invecchi, gioia mia, ma perchè è tempo di darti marito. Sono certo che lo desideri

- No, no, no! esclamò arrossendo la Paola.

- Via! tutte le ragazze dicono così. Ma quando lo trovano sono contentone. E tu l'hai trovato.

- Non m'importa: Non lo voglio...

- Ma, no, bimba mia. Non far la ritrosa. Credi che io non abbia capito che tu ci pativi a veder me e la Rosa che ci vogliamo bene? Ho visto che avevi spesso gli occhi rossi, specialmente dacchè abbiamo delle speranze... Si sa, una ragazza alla tua età, desidera d'andare a posto anche lei, e la vista della felicità degli altri aumenta la sua impazienza...

- Babbo. Ti giuro che non desidero di maritarmi. Voglio farmi monaca... esclamò la Paola tutta nervosa.

- Non hai mai manifestata questa vocazione, Paola cara. È mio dovere di esortarti a pensarci seriamente. Darsi al Signore è una buona, una santa cosa; ma bisogna averne la vocazione; ed io credo d'aver osservato che tu hai delle altre aspirazioni...

- Nessun'aspirazione. Hai osservato male, interruppe aspramente la Paola. Voglio farmi monaca. È un pezzo che ci penso...

- Ma senti, almeno, quanto volevo dirti. È il nostro fabbriciere della parrocchia che m'ha parlato d'un buon partito per te...

- Oh Dio! No no! Com'è possibile sposare uno che non si conosce? No. Voglio farmi monaca. Digli di no. Nè lui, nè nessuno. Odio questi matrimoni...

- Ebbene, insistè il padre, aspetta ancora. Ne troverai uno ti tuo gusto. Ma intanto questo dovresti vederlo. È un'ottima persona, timorata di Dio, ed un bell'uomo. Un po' maturo, ma ancora vegeto...

Queste ultime parole misero addirittura in convulsione la povera sensitiva, che si nascose il volto gridando di no, che non voleva saperne, che aveva una assoluta ripugnanza pel matrimonio, che si sentiva una gran vocazione per la vita monastica, che voleva cominciare il noviziato, subito, subito... In un'altra famiglia quella vocazione senza fervore religioso, improvvisa e tenace, avrebbe inspirato delle diffidenze, e spinto il padre ad indagarne il movente. Ma in casa Cantinelli, si diceva con convinzione che «darsi al Signore è una santa cosa quando si ha la vocazione»; e, dacchè la fanciulla affermava d'averla, il padre devoto avrebbe creduto d'andar contro il volere di Dio, ostinandosi a contrariarla. Una volta presa quella risoluzione, la Paola affrettò le cose, e riesci ad entrare in convento prima che la sua matrigna partorisse. L'idea di trovarsi in casa in quel momento le dava i brividi. La Bianca non poteva consolarsi della lontananza di sua sorella. Tanto più che la Paola, a misura che s'era abbandonata a' suoi scrupoli, s'era andata separando moralmente da lei, come se le facesse un torto d'accettare quello stato di cose che le pareva scandaloso. Nel suo isolamento la povera Bianca sentiva il bisogno di qualcuno da amare e da proteggere, come aveva fatto colla sua sorella maggiore. A poco a poco si venne affezionando alla matrigna, che era buona e che aveva bisogno d'assistenza. E quando, due mesi dopo, la sposa la fece chiamare nella sua camera una mattina, e le presentò un visino violaceo di bimbo, tutto contornato di fasce e di trine, con due piccoli pugni stretti che si agitavano inconscientemente fuori dalle fascie, si sentì tutta intenerita, e pianse di commozione baciando quel nuovo fratello. Il giorno stesso scrisse alla Paola:

«Rinuncia all'idea di abbandonarci per sempre. Torna fra noi. Dio ci ha mandato un fratellino, piccino e bello come il bambino Gesù. Me lo lasciano tenere a battesimo da me. Ma se tu vieni ti cederò questa gioia, e lo chiameremo Paolo, e sarà il tuo fratellino. Quando il Signore ne manderà un altro quello sarà il mio...»

La rigida novizia strappò la lettera, e rispose che era più ferma che mai nel suo proposito di farsi monaca. Infatti, otto mesi dopo pronunciò i voti.

Col volto pallido, gli occhi sempre bassi, l'aspetto rigido, suora Paola Immacolata è ora la monaca più fredda e severa del convento. Le educande tremano dinanzi a lei, che aspra, nervosa, eccitabile, aggrava tutte le mancanze e le punisce con un rigore eccessivo ed inesorabile. Quando il signor Cantinelli va a farle una visita traverso la grata del parlatorio, e la trova gelida, indifferente, completamente staccata da lui, dalla Bianca, e che non parla mai dei nuovi fratellini che non vide neppure, torna a casa dicendo:

- Era una vera vocazione. Il suo cuore era tutto per Dio e per la religione. Non ha altri amori. Era una vera vocazione.

La Bianca è la sola che, nella sua semplice bontà, vede qualche cosa di anormale che non capisce, ma sente, nell'anima di sua sorella; e dice crollando il capo:

- Chissà! Forse se fosse stata allevata diversamente...

RACCONTO ALLA VECCHIA MANIERA

La Carmela aveva conosciuto il suo fidanzato alla Sagra di Galliate. C'era andata con una sorella del parroco, e s'era trovata tutta confusa quando arrivando, aveva veduto nel cortile, una folla nera di preti. Non aveva ancora sedici anni, ed era naturale che fosse molto timida. Aveva detto alla sua compagna:

- Ma non ti pare che si dovrà stare in una gran suggezione, noi due sole fra tanti preti?

La compagna, che era maggiore di lei di parecchi anni, le aveva risposto:

- Se avessi creduto di non veder altri che preti non sarei partita da Novara, e non t'avrei invitata, poverina.

Poi aveva soggiunto con un luccicchio giulivo negli occhi:

- Verrà Giusto, e verrà mio fratello Gaudenzio.

Giusto era il suo fidanzato, un giovine medico, che aspettava d'essere nominato medico condotto di Oleggio per isposarla. Ed il fratello Gaudenzio era uno studente che faceva il quarto anno di legge all'università di Torino, e che l'Amalia vagheggiava di vedere innamorato e fidanzato della sua amica. Infatti poco dopo arrivarono Giusto e Gaudenzio, con una frotta d'amici, tutti studenti che erano a Novara in vacanza, fra i quali Mario Pedrazzi, che aveva ventidue anni, e stava per prendere la laurea da ingegnere. Era bello, biondo, coi capelli ondulati e rigonfi, cogli occhi d'un grigio chiaro, grandi, un po' infossati, pieni di languidezza e di mistero. Quegli occhi meravigliosi s'erano subito fissati negli occhioni neri della Carmela, come per magnetizzarla. E l'avevano magnetizzata. Prima del pranzo c'era stata la presentazione; a pranzo, seduti accanto, avevano fatto conoscenza; dopo pranzo, passeggiando in giardino dietro gli altri due già fidanzati, Mario aveva detto delle cose molto sentimentali, e la Carmela s'era sentito rimescolare il sangue e sussultare il cuore; ai vespri avevano sempre tenuti gli occhi fissi l'uno nell'altro, lasciando che quelle occhiate lunghe e languide dicessero tutto quanto volevano dire; e la sera, andando alla stazione per ripartire, lungo la strada buia, Mario, che dava il braccio alla Carmela, le aveva presa la mano che si appoggiava sulla manica della sua giacchetta, e le aveva sussurrato:

- Cara... cara...

La Carmela non aveva risposto, e lui non aveva aggiunto altro. Ma avevano continuato a camminare colle mani unite, col braccio di lei stretto fortemente fra il petto ed il braccio di lui, ed avevano scambiato ogni sorta di confessioni, di proteste, di promesse in quel lungo silenzio d'amore. Poi, a Novara, quando lei gli aveva stesa la mano alla stazione, prima d'andarsene col suo babbo che stava ad aspettarla, Mario aveva sussurrato:

- Per sempre ...?

E lei aveva chinato il capo con un sì molto sommesso, ma molto chiaro e risoluto. Ma da quel momento non c'erano più stati ravvicinamenti simili fra loro. L'Amalia, risentita che la sua amica avesse scelto per l'appunto un altro invece di suo fratello, s'era messa a trattarla con freddezza, a stare a distanza, e poco dopo s'era sposata, ed era partita col marito per Oleggio. Intanto Mario era partito di nuovo per Torino a compiere gli studi. Ma appena tornato a Novara colla laurea, s'era messo a passare parecchie volte al giorno sotto le finestre della Carmela, a seguirla in istrada, da lontano, perchè, naturalmente, lei non usciva sola, a fissarla col canocchiale tutta la sera, quando gli accadeva di vederla in teatro. Parecchie volte s'erano incontrati a qualche festa da ballo di famiglia, ed allora lui aveva ballato quasi esclusivamente con lei, e le aveva detto delle cose molto significative, per lei che, grazie al precedente di Galliate, era in grado di interpretarle: «Che lui aveva sempre avuto una gran preferenza per le donne brune. Che i dintorni di Novara non erano poi tanto privi di bellezze pittoresche come si diceva. Lui trovava che Galliate era un luogo pieno di poesia. Lui vagheggiava un ideale modesto: avviarsi bene nella sua carriera, associare alla sua esistenza una dolce compagna, bruna, e passare la vita tra lo studio e lei, in una bella Casina elegante e piccola...» Erano i suoi disegni d'avvenire che le comunicava a quel modo; e la Carmela ne era felice. Due volte il suo babbo le aveva fatte delle proposte di matrimonio. Ma lei, fedele al fidanzato del suo cuore, aveva rifiutato con un pretesto, per non tradire il suo segreto. Intanto erano passati tre anni. La Carmela ne aveva dicianove. Mario aveva messo uno studio, e faceva buoni affari. Era tempo di chiudere quel romanzo di amore, che tutta la città conosceva, ed al quale ogni mala lingua faceva un'aggiunta, e molti commenti. La Carmela in quei tre anni s'era cucito tutto il corredo, s'era preparati molti ricami in colore, per le poltrone del suo futuro salotto, aveva imparato a fare delle conserve, a riporre le frutta per l'inverno, a preparare dei liquori casalinghi, per essere una massaia modello. Ed aspettava fiduciosa e serena d'essere chiamata a mettere in pratica quelle cognizioni preziose, quando ad un tratto, in una casa terza, in un giorno di visita, in mezzo ad un circolo di signore, si sentì gettare brutalmente in faccia la nuova tremenda, che distruggeva tutto il suo avvenire: «l'ingegnere Pedrazzi è sposo.» Non svenne, come succede nei romanzi, e non abbreviò neppure la sua visita per non farsi scorgere. E stette a sentire le doti e la dote della sposa; una bella dote, perchè Pedrazzi aveva sempre aspirato a fare un ricco matrimonio; era un giovine serio, badava al sodo, era certo che farebbe una bella carriera... Appena tornata a casa, la Carmela si rinchiuse nella sua camera, e pianse finchè ebbe lacrime negli occhi. Dovette fare uno sforzo per andare a tavola; ma aveva il viso stravolto, e non mangiò nulla. Se ci fosse stata una mamma, una parente in casa, si sarebbe avveduta che c'era un guaio. Ma la Carmela viveva sola col suo babbo, vedovo, il quale badava più agli affari che a lei. E potè abbandonarsi alla sua desolazione senza essere interrogata. Passò la notte intera a ripensarci. Certo non avrebbe più osato ricomparire in città dopo una simile mortificazione. Avrebbe preferito morire. Ma non si muore quando si vuole. La Carmela aveva una sorella molto maggiore di lei, maritata già da cinque anni con un ricco possidente di un villaggio presso Santhià. S'era sposata quando la sorella più giovine era in collegio, e si vedevano una volta all'anno a San Gaudenzio, quando la signora De Lorenzi andava a Novara a passare quel giorno solenne nella casa paterna. Era naturale che la Carmela pensasse d'andare in quella circostanza da sua sorella. Ne parlò a suo padre, il quale consentì facilmente, e telegrafò per annunciare la sua partenza. Ma ricevette un telegramma che le diceva di non moversi, ed in seguito una lettera, che spiegava il telegramma. Nel paese infieriva la difterite, e la signora De Lorenzi assisteva i suoi coloni ammalati, prima per sentimento di carità, poi per conservare la popolarità del marito, che era sindaco, e non disperava di diventare deputato alle prime elezioni. Ma questo non iscoraggiò la Carmela. La morte, nello stato d'animo in cui si trovava, non le faceva paura. E ad ogni modo non voleva rimanere a Novara a nessun costo. Disse a suo padre: che lei non aveva più pace al pensiero che sua sorella era sola, esposta al pericolo d'un contagio, che voleva andare ad aiutarla, a dividere la sua sorte, ad assisterla, in caso che si ammalasse, a morire con lei... E si mostrò, o parve, nel suo eccitamento, animata da tanto affetto fraterno e da tanto sentimento di carità, che suo padre le concesse di partire. Soltanto, lui non poteva accompagnarla. Era professore in un liceo privato, ed, in coscienza, non poteva correre il rischio di portare il contagio ai suoi allievi. Fors'anche non gli garbava di pigliarlo neppure per sè. Però conosceva un possidente di Tronzano, presso Santhià, che, di solito, era sempre a Novara, nei giorni di mercato, e disse:

- Vedrò. Se Beltrami è qui, domattina lo pregherò d'accompagnarti.

Beltrami c'era. Accettò cordialmente l'incarico, prese la valigia della Carmela e fece entrare la signorina in un vagone di prima classe, dove rimasero soli. Era un vecchio signore grasso coi capelli grigi. La Carmela si rincantucciò in un angolo del vagone, e, col viso contro il vetro del finestrino, stette a guardare i prati verdi ed umidi, le risaie gialle allagate da un'acqua sudicia, tutta quella campagna monotona, il cui piano liscio, sterminato, era appena interrotto da qualche filare di gelsi, da pochi ciriegi selvatici sui quali s'arrampicavano le viti, dalle case coloniche isolate, rozze, povere. E pensava:

- Ecco; la mia vita omai scorrerà triste, monotona come questa pianura. Arriverò a cinquant'anni, come sono oggi; più vecchia, più brutta, ma senza gioie, dacchè non ho più amore nè speranza... Preferirei pigliare la difterite e morire... sarebbe finita!

Sbirciò un'occhiata al vecchio signore, e vedendo che aveva spiegata la *Perseveranza*, e leggeva attentamente il bollettino della borsa, ne profittò per piangere liberamente. Ma il suo compagno non era tanto assorto nel bollettino della borsa da non udire i piccoli singhiozzi che le sfuggivano. Si volse stupito, stette un tratto a considerarla, poi lasciando la *Perseveranza* abbandonata sul sedile, le si fece accosto e le disse:

- Come! Piange? Un'eroina?

La Carmela stava in un momento d'eccitazione. Aveva bisogno di sfogo, ed in un impeto di sincerità esclamò:

- No, non dica... Io non sono un'eroina!

- Ma se va a sfidare la morte per curare i contadini difterici...

Il signor Beltrami diceva questo con un'ombra d'ironia. Non amava gli atteggiamenti drammatici, e le ostentazioni d'eroismo inutile. La Carmela intuì quella disapprovazione per quanto celata, e ne fu punta. Quel vecchio signore aveva un'aria buona ed intelligente nel volto florido, negli occhi scintillanti come quelli d'un giovinotto. Le inspirava fiducia, ed avrebbe voluto che la stimasse; e senza rifletterci molto, tornò a dire:

- Ma io non vado a sfidare la morte. Vado a cercarla, o vado a nascondermi perchè ho un gran dispiacere, e non ho il coraggio di sopportarlo. Ecco che eroina sono!

E ricacciando il volto nella pezzuola, che era già tutta bagnata, riprese a piangere, senza ritegno, un po' sollevata da quella confidenza. Il vecchio signore lasciò che si sfogasse un poco, ed intanto la guardò fisso con occhio di profonda pietà; poi le disse:

- Via, ora smetta di piangere. Le fa male, e si fa gli occhi gonfi che è un peccato. Mi confidi il suo gran dispiacere. Faccia conto ch'io sia il suo babbo... Ma non tanto severo come lui; un babbo indulgente, pieno di compatimento pei dispiaceri della gioventù, e disposto a ricevere le sue confidenze con cuore da amico... Dica, via. Vuole che siamo amici? Vuol dirmi perchè è afflitta, perchè piange?

Era appunto quanto aveva bisogno quel povero cuore crucciato ed oppresso dal suo cruccio segreto. Un amico a cui confidarlo. Rispose senza scoprirsi il volto, perchè si vergognava:

- Piango perchè il mio amante mi ha abbandonata.

Il vecchio signore fece un balzo sul sedile, ed esclamò meravigliato:

- Il suo amante? Lei aveva un amante? Ma quanti anni ha?

- Ne ho diciannove. Erano già tre anni che ci si voleva bene...

- Ma il suo babbo, che è tanto severo, le permetteva questa relazione?

- Non la sapeva.

- Non avrà saputo in che rapporti erano; ma infine, che lei conosceva quel giovinotto, che veniva in casa sua, doveva pure saperlo...

- Ma no. Non veniva in casa mia...

Il vecchio signore stette un tratto confuso, poi riprese un po' esitante, e colla voce un po' meno dolce:

- Allora era lei... Dove lo vedeva, insomma?

- Lo vedevo dal balcone.

- Ah! esclamò il signor Beltrami; ed i suoi occhi brillarono più che mai, ed il suo volto tornò sereno. Riprese l'interrogatorio coll'indulgenza di prima.

- E, si scrivevano?

- No...

- Ma come avevano fatto per sapere di volersi bene? Avevano pure dovuto dirselo, o scriverlo...

La Carmela era tutta mortificata. Infatti non se l'erano detto nè scritto. Volle narrare la storia di Galliate, ma quel vecchio signore, alla sua età, aveva perduto di vista gli amori giovanili, e rispose quasi ridendo:

- Se non c'è altro, figliola mia, non è un amante che ha perduto, è un sogno che s'è dileguato.

Le prese tutte e due le mani in una delle sue che era grossa e forte, le pose l'altra sulla fronte, e rispingendole il capo indietro per guardarla negli occhi, le disse:

- Lei non sa cosa sia l'amore.

In quella lo sportello fu aperto con impeto, ed i guarda freni passarono gridando:

- Vercelli! Vercelli! Chi scende? Dodici minuti di fermata... Vercelli!...

Il vecchio signore scese, ed andò al caffè a bere una tazza di birra. La Carmela un po' stupita dal discorso che avevano fatto, dal vuoto che aveva dovuto riconoscere nel suo passato, tenne dietro collo sguardo a quell'uomo attempato, che le aveva inspirata tanta fiducia. Non era punto grasso, come le era parso alla prima. Era robusto. Teneva il cappello in mano facendosi aria, ed i suoi capelli grigi, ritti sul capo, foltissimi, facevano una bella cornice al volto fresco. Aveva le sopraciglia ed i baffi castani, appena brizzolati di qualche filo d'argento. E camminava leggero, svelto. Da lontano le accennò se volesse bere, ed i suoi occhi neri brillarono come due fiamme. La Carmela nel suo profondo abbandono, provò un'ombra di gioia al vedere che quel vecchio amico, non le aveva perduta la considerazione, e sembrava volerle bene anche dopo la sua confidenza. Ed era stupefatta d'avergliela fatta quella confidenza, così, subito, conoscendolo appena. Ma le pareva di conoscerlo da un pezzo. Era così ardito, insinuante, ed aveva una voce così calda, e guardava così direttamente negli occhi. Non si poteva mentire con lui. Del resto cosa le importava? Non lo sapeva tutta Novara il suo segreto? Il vecchio signore risalì, tornò a sedere al suo posto, e riprese la *Perseveranza* senza parlare. I guarda freni chiusero i vagoni, il convoglio si mosse, ed i due amici rimasero ancora soli. Ad un tratto il vecchio signore si alzò, andò a sedere accanto alla Carmela, le prese la mano che lei teneva abbandonata in grembo e le disse, come se continuasse il discorso di poco prima:

- L'amore, figliola mia, il buono, il vero, non si accontenta di quelle lunghe separazioni mute, senza una manifestazione, senza uno sfogo. L'amore non bada alla laurea dell'uomo, alla dote della donna, a nessuna considerazione d'interesse. Un uomo che ama arde tutto, freme, desidera con forza, con passione; va direttamente al suo scopo, e domanda francamente, impaziente alla donna che ama: « - Vuoi esser mia?»

Nell'enfasi di quel discorso, il vecchio signore aveva attirata a se la mano che stringeva, e guardava la Carmela negli occhi tanto davvicino, che il suo alito le sfiorava la bocca. Non era più vecchio. Era un uomo forte, appassionato e bello. Quelle parole entravano acute, pungenti nel cuore della Carmela, e le faceva sentire amaramente che, infatti, non era stata amata mai, che s'era illusa. Eppure doveva essere una dolce cosa sentirsi amata così. Una dolce cosa, che lei non proverebbe mai... Ma mentre pensava questo, invasa da una gran voglia di piangere, di piangere, sul petto di quell'amico di un'ora, che le parlava con tanto calore, sentì un braccio forte e tremante stringersi intorno alla sua vita, e quella voce dolce e profonda ripetere:

- Di' vuoi? Voi essere mia moglie, mia compagna nel bene come nel male? Vedi, io ti conosco da un'ora, ti amo da un'ora, forse da meno, ma non aspetto domani a dirtelo.

Poi soggiunse colla disinvoltura d'un uomo avvezzo alle tempeste della vita:

- È vero che ho trent'otto anni, e non ho molto tempo d'aspettare.

E vedendo che la Carmela non parlava, ma tremava tutta e non cercava di sciogliersi dal braccio che la stringeva, riprese:

- Non temere, bambina... So chi sei, e non dimentico che t'hanno affidata a me. Non ti domando che una parola. Di' non ti spaventano i miei capelli grigi?

La Carmela abbandonò il capo sulla spalla di lui, susurrando:

- Oh no! no!

Scendendo alla stazione di Santhià, il vecchio signore si fece incontro alla sorella della Carmela dicendole:

- Le presento la mia sposa. Glie l'affido soltanto per poche ore, e la riconduco subito a Novara, perchè ha una gran paura della difterite.

La signora De Lorenzi osservò:

- T'avevo pur detto, di non venire, Carmela.

E la Carmela, dando uno sguardo al suo compagno, rispose:

- Allora non avevo paura di morire.

FINE.